W0353633

ELS FORASTERS DEL TEMPS

L'AVENTURA DELS VALLBONA AL GALIÓ PIRATA

Roberto Santiago

Il·lustracions d'Enrique Lorenzo

Traducció de Josep Sampere

cruïlla

llegircruilla.cat

Primera edició: setembre de 2017

Gerència editorial: Gabriel Brandariz
Coordinació editorial: Núria Font i Ferré
Coordinació gràfica: Marta Mesa

Títol original: *La aventura de los Balbuena en el galeón pirata*
Publicat per Ediciones SM

© 2017, Roberto García Santiago, pel text
© 2017, Enrique Lorenzo Díaz, per les il·lustracions
© 2017, Josep Sampere i Martí, per la traducció
© 2017, Editorial Cruïlla
Nàpols 249 - 08013 Barcelona
editorial@cruilla.cat

ISBN: 978-84-661-4289-2
Dipòsit legal: B-20944-2017
Imprès a la UE / *Printed in EU*

Qualsevol forma de reproducció, distribució,
comunicació pública o transformació d'aquesta obra
només es pot fer amb l'autorització dels seus titulars,
tret de les excepcions previstes per la llei. Dirigiu-vos a CEDRO
(Centre Espanyol de Drets Reprogràfics, www.conlicencia.com)
si necessiteu fotocopiar o escanejar cap fragment d'aquesta obra.

1

Potser heu sentit parlar de mi.

Em dic Sebastià Vallbona, tinc onze anys acabats de fer i soc d'un poble de la província de Barcelona: Badia del Vallès.

A l'escola gairebé tots m'anomenen Tià.

Al lloc on soc ara, però, em diuen d'una altra manera.

Em diuen...

El Petit Corsari.

Glub.

Ja sé que pot semblar una mica estrany, però és la veritat.

Soc molt lluny de la meva escola.

Soc... a bord d'un galió pirata de debò!

Al mig del mar.

Va ser el capità del vaixell qui em va posar aquest nom.

És el pirata més temible de tots els temps:

El Capanegra.

Potser hi ha d'altres pirates més famosos.

Però cap no és com el Capanegra.

Té el rècord de vaixells robats a alta mar.

I de ports saquejats.

Ningú no és tan astut com ell.

No s'assembla a d'altres pirates.

No porta una cama de fusta. Ni un pegat a l'ull. Ni un lloro a l'espatlla. Res de tot això.

El Capanegra és un pirata... elegant.

Porta una barba d'allò més polida.

Una cua llarga.

I sempre va vestit de negre. Les botes, els pantalons, el cinturó, la camisa i, per descomptat..., la seva capa llegendària.

Tot de color negre.

Fins i tot és negre el seu barret.

A hores d'ara, estic enfilat al pal de la vela major del galió.

Davant meu s'estén l'oceà.

Immens.

Blau.

La bandera amb la calavera oneja darrere meu.

Sento el vent a la cara.

Em fa l'efecte que soc invencible.

Estic disposat a solcar els set mars a les ordres del Capanegra.

Descobrir tresors increïbles.

No res ni ningú em pot aturar.

Sento una veu que ve de lluny.

Una veu que no distingeixo prou bé.

Potser són les sirenes de l'illa Tortuga.

O el capità que em crida de la cabina estant.

O fins i tot podria ser el contramestre del vaixell.

Hi poso atenció i per fi entenc el que diu:

–Tià, baixa a berenar ara mateix!

Eh?

El que crida és...

El meu pare.

Està dret al costat del timó.

Em fa signes.

–Que baixis, et dic! –insisteix.

M'ensenya un objecte que duu a la mà dreta.

Des de la meva posició no acabo de veure què és.

Uns binocles?

Un pergamí?

Una brúixola?

–T'he preparat un entrepà de llonganissa! –exclama el pare–. El que t'agrada més!

Mmmmmmmmmmm.

Quin dilema.

El capità Capanegra m'ha encarregat una missió.

Vigilar l'horitzó.

Per si de cas apareix un vaixell de l'armada anglesa.

Aleshores haig de fer un crit d'alarma.

És una responsabilitat molt gran: no puc abandonar el meu lloc de cap manera.

Ni tan sols per un entrepà de llonganissa.

–Hi he posat mantega de cacauet! –insisteix el pare–. Vinga, baixa d'una vegada!

Llonganissa... i mantega de cacauet.

És molt difícil de resistir-s'hi.

Ni que siguis el Petit Corsari.

A més, tinc moltíssima gana.

Ben mirat, per una estoneta, no crec que vingui d'aquí.

El mar està tranquil.

No s'albira res al nostre voltant: només aigua pertot arreu.

Decidit!

M'agafo a la corda i començo a lliscar-hi a poc a poc, tal com m'ha ensenyat el contramestre Cokran.

Fins que arribo a baix per fi.

Davant del pare.

Agafo fort l'entrepà.

Noto que em ve salivera.

I en aquell mateix moment...

BUUUUUUUUM!

Una canonada impacta contra el galió.

Em giro en rodó.

Al lluny apareix un vaixell impressionant.

Un vaixell enorme.

No sé d'on ha sortit.

Com pot haver passat una cosa així?

En un tres i no res, apareix el contramestre a la coberta i diu cridant:

–Als vostres llocs! Ràpid! Xafarranxo de combat!

La tripulació sencera comença a córrer amunt i avall.

Mig centenar de mariners es preparen per a la batalla.

BUUUUUUUUM!

Una altra canonada toca de ple el galió.

Si continuen disparant, enfonsaran el vaixell abans que puguem fer-hi res.

El capità surt de la cabina amb les faccions desencaixades, posant-se el barret i fent un moviment amb la capa llarga.

M'assenyala amb cara de pomes agres

I em pregunta:

–Per què diantre no has fet el crit d'alarma?

No sé què contestar, francament.

–Perdoni, capità –intervé el pare–, ha estat culpa meva. L'he cridat perquè baixés a berenar...

–Pels avantpassat de Barba-roja! –crida tot furiós–. Un mariner no abandona mai el seu lloc! Hauré de tirar-te als taurons, Petit Corsari!

El Capanegra mai no fa broma.

I encara menys amb els taurons.

Començo a tremolar només de pensar-hi.

BUUUUUUUUUUUUUUM!

Una tercera canonada destrossa un dels pals, que es trenca pel mig i cau sobre la coberta!

El caos i el desordre s'apoderen del galió.

Tothom corre.

Hi ha crits.

Cops.

Empentes.

El capità exclama:

–Contramestre, viri a estribord! A tota velocitat!

–El timó no respon, capità –adverteix el Cokran.

El contramestre Cokran és molt prim i porta un mocador tronat al cap. Quan obre la boca, ensenya una dent d'or que brilla molt.

–Hem de reparar-lo i marxar d'aquí com sigui! –insisteix el Capanegra–. Això és un infern!

–Sí, capità!

Em clava una darrera mirada i murmura:

–Abans que res liquidaré aquests maleïts bergants..., després m'encarregaré de tu.

I es fa fonedís.

No sé què he fet.

M'adono que ja no tinc l'entrepà a les mans.

De l'impacte de les canonades m'ha caigut a terra.

Abaixo els ulls i veig el pa estès a la coberta. Els talls de llonganissa s'han escampat.

Aiiiiiiii

Em fa molta pena, tot plegat:

L'entrepà.

Els pirates.

Les canonades.

Em demano com he pogut arribar a aquesta situació.

Un bon dia estava tan tranquil a casa meva, a Badia del Vallès.

I al cap d'unes setmanes...

Soc en un galió envoltat de pirates ferotges, sota el foc de les canonades!

2

Val més que comenci pel principi.

Tot va començar un dia de primavera.

Al supermercat del barri.

La meva família i unes veïnes vam anar-hi a comprar.

Hi havia:

El pare, que es diu Sebastià igual que jo, i és policia municipal.

Mon germà Santi, que té quinze anys, i es passa el dia protestant per tot.

Ma germana petita, la Susanna, que acaba de complir deu anys i és una mica setciències.

La Maria, una amiga i veïna, que va a l'escola amb mi i quan somriu se li formen un clotets preciosos al costat de la boca.

I la mare de la Maria, que es diu Maria del Carme i té un caràcter molt fort.

Va ser un dia molt especial, perquè tots sis ens vam comprar una bicicleta al supermercat.

–Molen! –va exclamar mon germà, a la sortida.

–I tant! –va fer el pare.

Pels que no ho sàpiguen, el pare sempre diu «I tant». Ho deixa anar contínuament, per a qualsevol cosa. Em sembla que ni se n'adona.

El cas és que vam pujar a les bicicletes i, tot d'un plegat..., ens vam ficar sota una tempesta!

El cel era cobert de núvols i se sentien uns trons fortíssims.

De sobte ens va caure un llamp...

I, sense saber com, vam penetrar en un forat negre!

Ho prometo.

Ja sé que pot semblar molt estrany.

Però és la veritat.

Tota la veritat.

I res més que la veritat.

D'ençà d'aquell dia, viatgem a través del temps i de l'espai.

Hem estat en èpoques i lloc diferents.

Provant inútilment de trobar la manera de tornar a casa.

L'última vegada vam anar a parar a l'Imperi romà.

Hi vam viure un munt d'aventures increïbles i em vaig convertir en el cap d'una revolució de gladiadors i esclaus.

Ah, i de poc no em devora un lleó a l'arena del circ.

Això del lleó és molt important per entendre com hem arribat fins aquí.

Sempre que veiem una tempesta amb llamps i trons, hi correm al darrere per veure si aconseguim tornar a entrar al forat negre.

El nostre objectiu és tornar cap a casa.

De moment, encara no ens n'hem sortit.

Cada vegada apareixem en un indret diferent.

El cas és que a l'Imperi romà vam empaitar la tempesta...

A dalt d'un lleó!

No és un lleó qualsevol.

Es diu Emperador, té uns ullals enormes i unes urpes molt afilades, però ens avenim molt bé.

A cavall de l'Emperador, vam atrapar una tempesta.

Vam córrer a tota velocitat per sota dels núvols. I, una vegada més, ens va caure un llamp al damunt.

En un tres i no res, es va esfumar tot el que hi havia al meu voltant.

Ja coneixia aquella sensació:

Era un forat negre!

Vaig aclucar els ulls.

Vaig caure.

Vaig caure.

I vaig continuar caient...

Vaig estar una bona estona flotant enmig del no-res.

Vaig perdre la noció del temps.

No sé si van passar uns quants segons o més d'una hora.

Fins que, de cop i volta, vaig notar alguna cosa sota els peus.

Per fi trepitjava terra.

Vaig obrir els ulls.

Era de nit.

Era a la coberta d'un vaixell.

Un galió pirata.

Al mig d'una batalla esgarrifosa!

Un centenar d'homes lluitaven a vida o mort.

Espases.

Cops.

Trets.

Sense deixar-me temps a reaccionar, al meu davant va aparèixer...

Un home amb un pegat a l'ull i una espasa grossa a la mà!

–Mor, maleït siguis! –va exclamar.

Anava de dret cap a mi amb l'espasa enlaire.

No li havia fet res, jo.

Però no hi havia temps per demanar explicacions.

Em vaig acotar i vaig tapar-me amb les mans.

Disposat a rebre l'estocada!

Però llavors...

L'home del pegat em va passar corrents pel costat, sense fer-me cas.

–Rendeix-te o mor! –va cridar.

Em vaig girar i vaig entendre que no em buscava a mi.

A qui atacava, en realitat, era... a un pirata vestit tot de negre.

Que l'esperava impassible, sense bellugar ni un múscul.

Cridava l'atenció per la seva elegància i el seu aspecte ferotge.

Exacte: era el Capanegra.

Va ser la primera vegada que el vaig veure.

El del pegat a l'ull, en realitat, era un oficial de l'armada anglesa. Va anar cap a ell tot brandant l'espasa.

Amb un moviment veloç, però, el Capanegra va esquivar l'envestida.

Tot seguit, va fer onejar la capa i es va treure un sabre.

El capità va donar una estocada a la mà del seu atacant, que va perdre l'espasa.

–No em podràs vèncer mai, Ryan Smith –va dir, tot posant-li el sabre al coll amenaçadorament–. T'has venut als anglesos, ets un caçador de recompenses de pa sucat amb oli. He suprimit tots els que provaven d'atrapar-me, i aquesta nit et liquidaré a tu i tota la teva tripulació.

Mentre el capità deixa això, em vaig adonar que dos soldats descomunals se li acostaven per darrere sigil·losament.

No feien cara de tenir bones intencions.

L'un va aixecar una destral per damunt del cap del Capanegra.

L'altre va preparar una porra metàl·lica enorme.

Volien atacar-lo a traïció.

Potser hauria hagut de mossegar-me la llengua.

Ja sé que no el coneixia de res.

Però no vaig poder-m'hi resistir.

Em vaig posar dret.

Vaig assenyalar els dos paios.

I vaig avisar el capità.

–Atenció! –vaig cridar–. Al darrere!

EL CAPANEGRA GIRA EN RODÓ RÀPIDAMENT.
3
ELS DOS SOLDATS CORREN CAP A ELL EMPUNYANT LES ARMES.
PERÒ EL CAPITÀ, D'UN SOL MOVIMENT...

ES TREU LA CAPA AMB UNA MÀ.
I LA TIRA AL DAMUNT D'ELLS!
NO S'HI VAL!
NO VEIG RES!
SOU DOS COVARDS QUE ATAQUEU A TRAÏCIÓ. REBEU ALLÒ QUE US MEREIXEU!

NO ET PODRÀS AMAGAR ENLLOC, RYAN SMITH!
ELS TEUS COMPANYS I TU SOU RATES DE CLAVEGUERA!
JO SOC UNA RATA... PERÒ TU TENS ELS DIES COMPTATS, CAPANEGRA!
LA FLOTA ANGLESA JA VE CAP AQUÍ! M'ASSEURÉ A PRIMERA FILA QUAN ET PENGIN A LA PLAÇA PÚBLICA!
ALESHORES M'ADONO UE HI HA UN ALTRE VAIXELL AL COSTAT DEL GALIÓ.
I QUE DUES CORDES UNEIXEN LES NAUS.
SUPOSO QUE EL RYAN SMITH HAVIA ATACAT EL GALIÓ APROFITANT LA FOSCOR DE LA NIT.

EL CAPITÀ NO L'EMPAITA.
BAH! FUIG, COVARD!
JA T'ATRAPARÉ!
EMBEINA L'ESPASA TRANQUIL·LAMENT
ES POSA LA CAPA, SENSE PRESSA.
DARRERE D'ELL, TÉ LLO
UNA GRAN BATALLA. PERÒ NO SEMBLA GENS AMOÏNAT.
VE CAP A MI. EM MIRA MOLT SERIÓS. I EM PREGUNTA L'ÚNICA COSA QUE SEMBLA QUE L'AMOÏNI.
PORTO BEN POSADA LA CAPA?

4

Em vaig quedar mirant el capità.

–Sí, perfectament –vaig respondre–. A propòsit, aquesta capa li queda molt bé.

–Gràcies –va dir el capità amb orgull–. És una peça única, feta de seda de l'orient. Amb doble folre. I resistent al fred i la calor... Però..., un moment: es pot saber qui diantre ets?

Va col·locar la mà sobre l'espasa, com si anés a desembeinar-la altra vegada.

I va exclamar:

–Contesta! Qui ets? D'on surts? Vens amb l'Smith i els seus?

–No, senyor, vinc d'un lloc molt llunyà –vaig respondre de seguida–. Em dic Sebastià Vallbona. I soc de Badia del Vallès.

–He viatjat per tots els oceans i no conec pas un lloc com aquest.

–És que Badia del Vallès... no té mar.

–Com has arribat al meu vaixell?

–He vingut... amb la meva família... No poden ser gaire lluny... Hem vingut..., o sigui, fa de mal explicar..., hem arribat al galió...

Buffffff.

No sabia què dir.

–Som..., o sigui..., som forasters... Som...

–Nàufrags? –va fer el capità–. Heu arribat al galió en un bot salvavides?

–Exacte! En un bot! Això mateix!

–Malviatge –va remugar, gratant-se la barbeta–. Després del que has fet, suposo que t'hauré de donar les gràcies per salvar-me la vida.

–No cal, de debò, ho he fet amb molt de gust.

–Sí que cal! –va exclamar, com si li dolgués que l'haguessin ajudat–. Aquesta te la dec! Em pots demanar el que vulguis! El capità Capanegra sempre paga els seus deutes!

Me'l vaig quedar mirant, movent el cap per dir que sí.

–A partir d'ara, et diré Petit Corsari –va fer, clavant-me els ulls–. Quan hagi liquidat els sequaços de l'Smith, ja parlarem tranquil·lament tu i jo.

–Sí, senyor, el que digui vostè...

No vaig poder ni acabar la frase.

El capità es va girar...

I va endinsar-se al galió.

Vaig veure com se li movia la capa dins la foscor, envoltat d'enemics que anaven caient al seu pas.

Era una batalla aferrissada entre soldats anglesos i pirates.

Amb prou feines s'hi veia.

Em vaig palpar ràpidament la butxaca, per assegurar-me que encara hi duia una cosa molt important: el telèfon mòbil!

Per sort, encara hi era.

El vaig treure per veure si casualment tenia cobertura. Ja sé que no era gaire probable, però últimament m'havien passat coses encara més estranyes.

En vaig observar la pantalla.

Res.

Ni una ratlleta de cobertura.

Una veu va retrunyir darrere meu.

–Tià? Estàs bé?

Era la meva veïna, la Maria.

Venia corrents cap a mi.

Duia una cosa a la mà..., una torxa molt grossa.

–Et trobes bé? –va repetir, acostant-me la flama per assegurar-se que no havia pres mal–. He vist que t'atacava un pirata d'aquells. Venia a ajudar-te.

–Gràcies –vaig fer somrient.

M'alegrava que la Maria es preocupés per mi.

Me la vaig quedar mirant, al mig de la coberta del vaixell.

Aguantava la torxa enorme amb les dues mans.

Ella també va somriure i li van aparèixer els clotets de sempre.

Reconec que em va semblar guapíssima.

–Què penses? –em va preguntar–. Fas cara d'embadalit.

–Jo? –vaig fer tot dissimulant–. No, no, res..., pensava que..., o sigui..., que devem tornar a ser molt lluny de casa..., i també pensava en el mòbil..., aquestes coses... Tu també tens el telèfon, encara?

Ella va somriure, com si ja sabés que pensava en una altra cosa.

–Sí –va respondre–. El tinc ben desat.

–Quina sort, els altres han perdut els seus. Només queden aquests dos –vaig dir, mirant al voltant–. On creus que devem haver anat a parar?

I algú va exclamar immediatament:

–Som a l'any 1715, al mar Carib!

Ens vam girar i vam veure la meva germana Susanna, que sempre ho sap tot.

–A l'edat d'or dels pirates –va afegir.

Al seu costat hi havia el pare i mon germà.

–I com ho saps, tot això? –va preguntar la Maria.

–Perquè és una setciències –va replicar el Santi.

–Ho sé perquè m'ho ha explicat un home molt vell, a qui falta una cama, i que és el cuiner del vaixell, espavilats –va tallar la Susanna, orgullosa.

–Estem envoltats de pirates –va dir mon germà.

–Pirates... del Carib! –vaig afegir.

–I tant –va exclamar el pare, que feia cara d'amoïnat.

Va mirar al voltant i va preguntar:

–Ara que hi penso, canalla, heu vist la Maria del Carme? Potser està en un embolic i li convé que l'ajudem. Una dona indefensa enmig d'aquesta colla de salvatges... Aiiiiiii, pobreta, on deu ser?

En aquell moment es va sentir un rugit molt fort:

–GRRRRRRRRRRRRRRRRRRG!

Tots els presents van parar de barallar-se i van girar-se espantats.

A la part més alta del vaixell pirata va aparèixer l'Emperador.

Ensenyant els ullals temibles.

I a dalt del lleó hi havia... la Maria del Carme!

Duia una espasa a la mà.

I la il·luminava la claror de la lluna plena.

No semblava precisament una dona indefensa.

5

–Rendiu-vos ara mateix! –va exclamar la Maria del Carme.

Semblava que parlés molt seriosament.

Els pirates se la van quedar mirant...

I van esclatar a riure!

–No rigueu, bergants! –va fer, amenaçant-los amb l'espasa–. Aquest lleó us pot liquidar a tots d'una queixalada!

L'Emperador va tornar a ensenyar els ullals.

–GRRRRRRRRRRRRRR

El Capanegra es va obrir pas entre els la resta de tripulants.

Va mirar la Maria del Carme i li va etzibar:

–No existeix cap home, dona o bèstia que digui al capità Capanegra que es rendeixi.

–Doncs jo t'ho he dit –va replicar ella–, i t'ho repeteixo: rendeix-te si no vols enfrontar-te amb l'Emperador.

El capità va negar amb el cap.

Va fer un signe amb la mà i va dir:

–Senyor Cokran!

Immediatament, una xarxa enorme va caure d'un pal.

I va atrapar l'Emperador i la Maria del Carme!

Tot seguit, el contramestre i uns altres dos homes van estirar una corda.

I la xarxa va sortir volant amb la Maria del Carme i l'Emperador a dins.

Tots dos van quedar suspesos en l'aire.

Van provar de resistir-s'hi, però no se'n van sortir.

–Deixa'm anar! –va protestar ella–. Aquestes no són maneres de tractar una senyora... ni un lleó!

–Si fossis una senyora de debò, no aniries pel món a dalt d'aquesta bèstia –va replicar el Capanegra–, i tampoc no amenaçaries els meus companys.

–I si tu fossis un senyor –va saltar la Maria del Carme–, no em tindries aquí penjada de cap per avall.

–Un senyor, jo? –va fer estranyat el capità–. Ho heu sentit, nois? L'estrangera es pensa que soc un senyor...

Tots van tornar a riure.

–És clar que no soc un senyor. Soc... un pirata!

–El que ets és un bandit.

–Això també. I amb molta honra.

Més rialles.

–Perdoni que l'interrompi, capità –va intervenir el Cokran.

–Què passa, ara?

–Doncs que, tot aprofitant aquesta conversa tan interessant, l'Smith s'ha escapolit! –va respondre el contramestre.

Ens vam girar tots.

I vam veure, efectivament, que el Ryan Smith i els seus companys havien pujat al seu vaixell.

Havien tallat les cordes que unien les dues embarcacions.

El Ryan Smith s'havia enfilat a la barana del vaixell. Agafat a una corda, amb un aire tot seriós, mirava fixament el Capanegra amb el seu únic ull. Mentrestant, la tripulació deixava anar amarres per poder fugir a tota velocitat.

L'Smith va posar-se bé el pegat i va observar de lluny el Capanegra amb posat desafiador.

–Els empaitem? –va preguntar el Cokran.

–Deixa'ls que fugin com rates –va respondre el capità–. Tenim coses més importants per fer. Ocupeu-vos dels ferits! I tornem a fixar el rumb! Ja hem perdut prou temps!

Després va girar-se cap a la Maria del Carme.

–Estrangera, per culpa teva s'ha escapat el caçador de pirates anglès més sanguinari de tot l'oceà –li va dir–. A trenc d'alba, us tiraré als taurons a tu i la teva bèstia.

L'Emperador va fer un grunyit.

No semblava tan ferotge, dins de la xarxa.

–M'estimo més haver-me-les amb un tauró que amb un mal educat i un fantotxe com tu –va saltar ella.

–Doncs molt bé.

–Doncs ja està.

Vaig pensar que era un bon moment per ficar-hi cullerada.

–Perdó, senyor Capanegra –vaig dir, traient el cap.

–Qui ets, tu, mamarratxo? –va fer tot empipat.

–Soc... el Petit Corsari –vaig respondre–. No se'n recorda?

Mon germà va esclatar de riure en sentir-me.

–El Petit Corsari, tu? Si ets un pallasset! Ha, ha, ha, ha, ha, ha, ha!

Mon germà Santi té quinze anys i la seva afició preferida és fer-me la guitza.

–No fa gens de gràcia! –vaig replicar–. És el capità que m'ha posat aquest nom!

–Jo també vull un malnom! –va saltar la Susanna–. Senyor Barbanegra, em puc dir... Petita Corsària?

–Capanegra! –la va corregir ell–. Em dic Capanegra!

–Ah, d'acord, no cal que s'enfadi... Com que té aquesta barba tan negra, m'he fet un embolic... Què, doncs? Em puc dir Petita Corsària?

–Perdoni la canalla, capità –va intervenir el pare–. És que venim de molt lluny i estem una mica cansats. Faria el favor de donar-nos una mica de menjar i de beure, per recuperar les forces?

–El menjar és només per a la tripulació –va dir un paio amb una cama de fusta, que va aparèixer al fons.

Era un home molt vell. No sé quina edat devia tenir, però aparentava més de cent anys. De sota el barret li sortia una tofa de cabells blancs i, cada cop que parlava, a la cara se li formaven un munt d'arrugues.

–Hola, cuinetes –va dir la Susanna, com si el conegués de tota la vida–. No et posis tan seriós, home, que abans m'has donat unes rosquilles boníssimes... Aquest és el cuiner de què us parlava ara fa un moment!

–No, no –va negar ell–, li prometo que no he donat res a la noia, capità..., tot just una rosquilleta que sobrava, és que és una criatura molt insistent.

–La meva germaneta és així –vaig murmurar.

–Una pesada que vol ser més llesta del compte –va afegir la Maria.

–I tu una manefles –va replicar ma germana.

La Maria i la Susanna no s'avenen gaire. Sempre troben un motiu per discutir.

–Noies, si us plau, ja n'hi ha prou –va dir el pare–. Que pensaran aquests pirates tan simpàtics de les vostres maneres? –va girar-se cap al capità–. Si no es pot menjar, ens podrien indicar com a mínim un lloc on descansar?

–Les cabines només són per a la tripulació –va respondre el Cokran, de mal humor–. I vosaltres..., no sabem qui sou ni què feu aquí. D'on heu sortit? Com sabem que no sou espies del Ryan Smith?

–Ui! Espies, nosaltres? De cap manera! –va dir la Susanna–. Hem vingut en un...

–Hem vingut en un bot salvavides! –la vaig tallar.

–Sou nàufrags? –va preguntar el cuiner, sense acabar d'entendre-ho.

–I tant –va assegurar el pare–. Som nàufrags, sí senyor; estem perduts, molt perduts, i no sé pas com..., hem anat a parar al seu vaixell. Li demano disculpes si hem interromput la seva batalla.

–I el lleó? –va preguntar el Cokran–. Ve amb vosaltres?

–Sí –vaig respondre–. És molt maco i...

–Quina història més estranya! –em va tallar el cuiner, mirant-me fixament–. Uns nàufrags amb una roba raríssima i un lleó que apareixen a mitjanit... A veure si resulta que sou... fantasmes!

Un murmuri va recórrer el vaixell.

–Aquí l'únic fantasma que hi ha és el de la capa! –va replicar la Maria del Carme, de la xarxa estant.

–Maria del Carme, si us plau –va demanar el pare–. No som fantasmes, senyor, l'hi ben dic; ni espies ni lladres, ni res dolent. Som els Vallbona, de Badia del Vallés. Amb unes veïnes.

–Hem arribat al vaixell en un bot –vaig afegir, mirant el Capanegra–. Oi, capità? Digui-l'hi vostè, que ja n'hem parlat abans... Quan li he salvat la vida, no sé si se'n recorda.

El capità va proferir una mena de grunyit. Semblava molt i molt enrabiat.

–Ja n'hi ha prou de bestieses! –va dir tot seriós–. Al galió Capanegra no hi ha menjar ni cabines per als estrangers com

vosaltres. No sé com heu pogut arribar mar endins en una barca, però tant se me'n dona. Tots sis anireu de dret als taurons així que surti el sol per l'horitzó. Entesos?

–Disculpi –va dir la Maria del Carme des de l'interior de la xarxa–. El vaixell també es diu Capanegra?

–Sí! –va rugir el capità, fent un moviment amb la capa–. El galió Capanegra! La famosa espasa Capanegra! L'illa Capanegra! El tresor Capanegra! I, per damunt de tot..., el capità Capanegra! Cap problema?

–No, no –va fer ella–. No és gaire original, però, en fi... Cadascú posa el nom que li sembla més bé, a les seves coses.

–Em puc dir... Petita Corsària Capanegra? –va preguntar la Susanna.

El capità va fer un bot en sentir-ho. Va girar-se cap a ma germana i la va assenyalar amb l'espasa.

–Ningú, mocosa, absolutament ningú no es pot dir Capanegra!!! –va bramar–. Només jo!! Ho has entès?

–Perfectament –va respondre ella–. És com que hi ha tantes coses que es diuen Capanegra, he pensat que no venia d'una...

–Us ho adverteixo!!! –va exclamar el capità–. Una paraula més i us travessaré amb la meva espasa.

Ningú no va badar boca.

Ens vam quedar en silenci.

No havíem començat amb bon peu amb aquells pirates.

Si continuàvem així, al final ens devorarien els taurons.

O ens clavarien una espasa.

Vaig aixecar la mà.

–Què passa, ara? –va fer el capità.

–Puc dir una cosa molt important? –vaig demanar, espantat.

–Parla d'una vegada! –va dir ell–. Tens deu segons, exactament. Si no m'interessa els que em vols dir, et tallaré el coll. I no és cap broma. Deu..., nou..., vuit... El temps vola! Set...

Hauria d'afanyar-me.

–Quan li he salvat la vida, vostè m'ha dit que em devia un favor i que podia demanar-li el que volgués.

–Cinc segons...

–També ha dit que el capità Capanegra sempre paga els seus deutes.

–Digues el que vulguis, que jo compliré la meva paraula. Et queden dos segons...

Vaig respirar fondo.

I, sense pensar en les conseqüències, vaig dir:

–Vull que, a partir d'aquest moment, tots sis formem part de la tripulació del galió Capanegra.

6

El primer dia en aquell vaixell el vaig passar... ben marejat.

Les onades el feien bellugar com si hagués d'enfonsar-se en qualsevol moment.

–Amb més vigor, Petit Corsari! –va exclamar el contramestre en passar pel meu costat.

Jo netejava la coberta amb un raspall de punxes.

Vinga fregar.

M'imaginava que seria diferent formar part de la tripulació d'un vaixell pirata.

Que devia ser una mica més emocionant.

De moment, però, la meva única missió era rascar la brutícia que s'acumulava a la coberta.

–Estàs de sort –va continuar el Cokran–. Ets a l'aire lliure, si més no. Els teus dos germans són a baix netejant la sentina.

No sé pas què devia ser la sentina, però em vaig estimar més no preguntar-ho.

En tenia de sobres amb fregar i aguantar-me les ganes de vomitar.

–Dura gaire, això del mareig? –vaig preguntar.

–Bah! Només al començament –va respondre ell–. Després t'hi acostumes.

–Encara sort.

–Quan fa un any o dos que ets a bord, el mareig et passa.

–Un any!?

El contramestre va allunyar-se tot rient.

No sé si ho deia de debò.

Només de pensar que podia passar un any marejat en aquell vaixell... em van venir ganes de tirar-me per la borda.

Hi havia estat un dia, encara no, i ja se'm feia etern.

El sol brillava molt amunt.

Feia molta calor.

I cada cop estava més marejat.

Es veu que al pare se l'havien endut a fer de mosso de cuina.

I la Maria i la Maria del Carme...

El lloc que els havien assignat era molt peculiar.

El capità els va encomanar una missió molt important:

Aiguaderes.

Com indica el seu nom, són les que reparteixen l'aigua.

Dit així pot semblar molt fàcil.

Traginar un cubell i un got per donar beguda als tripulants.

En realitat, però, és molt més complicat del que sembla.

Encara que un vaixell estigui al mig de l'oceà, tota aquella aigua de mar no es pot beure. Així doncs, cal anar molt amb compte per no quedar-se sense aigua potable dins del galió.

El capità va manar a la Maria del Carme i la Maria que els fessin beure a tots de la mateixa manera. A ningú, més. Ni menys. Fos el qui fos.

Els va advertir que disposaven d'un barril al dia.

Si s'acabava l'aigua, la culpa seria només d'elles.

Resumint:

El Capanegra havia complert la seva paraula.

Ens havia donat roba i ara tots formàvem part de la tripulació.

El Santi, la Susanna i jo netejàvem.

El pare pelava patates.

I les nostres veïnes repartien aigua.

No eren feines gaire emocionants.

Almenys, però, no ens havien tirat als taurons.

Fins i tot l'Emperador tenia el seu lloc. L'havien ficat en una gàbia de fusta situada a la proa.

Potser ho havien fet perquè espantés els altres vaixells.

La proa és la part del davant d'una embarcació, i la popa la del darrere.

Ho vaig aprendre de seguida.

En un galió hi havia moltes coses que no eren com m'imaginava.

A tot arreu hi havia penjades cordes, xarxes i aparells. A la barana, als pals i en tots els llocs possibles.

Suposo que la majoria d'aquells objectes devien tenir una funció que jo ignorava.

Ja ho aniria preguntant.

Ara per ara, ja en tenia prou amb aguantar el mareig.

–Ei, tu, Petit Corsari. Xxxxxxxxt, vine aquí.

Vaig aixecar la vista i vaig veure un home que s'amagava darrere d'un dels pals.

Tenia una cicatriu que li travessava la cara de dalt a baix.

–Jo? –vaig preguntar.

–Sí, tu –va insistir ell, fent-me signes–. Vine.

Em vaig dirigir cap a ell, caminant amb penes i treballs.

Ja he dit que estava molt marejat.

Qualsevol moviment, per petit que fos, em semblava complicadíssim.

En arribar al seu costat, vaig veure que l'individu de la cicatriu no estava sol.

L'acompanyava un homenet molt menut, amb una trena llarguíssima que li penjava del cap.

Tots dos se'm van quedar mirant molt seriosos.

Vaig sentir una olor molt forta.

Aquells dos homes feien una pudor espantosa!

Suposo que no hi devia haver gaire llocs on dutxar-se, en un galió com aquell.

Bufffffffff.

Vaig començar a marejar-me encara més.

–Som els germans Flint –va dir el de la cicatriu–. Jo soc l'Eliodor Flint. I ell és l'Aureli Flint.

–Molt de gust –vaig replicar–. Jo soc el Tià, tot i que em podeu dir Petit Corsari, si voleu. Perdoneu-me, potser és que estic una mica marejat, però si sou germans no us assembleu gens ni mica.

–Jo soc el ben plantat i el simpàtic –va dir l'Aureli, fent moure la trena–. El meu germà Eliodor és el lleig i l'antipàtic de la família. Ha, ha, ha, ha, ha, ha!

–Anem al gra, que no tenim tot el dia –va dir l'Eliodor, passant-se la mà per la cicatriu–. Volem fer-te una proposta.

–A mi? –vaig preguntar, sorprès.

–Escolta amb atenció –va continuar l'Aureli–. En aquest galió... està a punt d'esclatar un motí contra el capità.

–Un motí?

–Xxxxxxxxxxxxxxxxxxxxxxxxxxxxxt.

Tots dos em van tapar la boca alhora.

–Abaixa la veu, que et sentiran –va dir l'Eliodor.

Amb la boca tapada em vaig marejar encara més. Vaig notar que se'm regirava l'estómac. Entre la ferum dels germans Flint i el moviment del vaixell, em van venir unes nàusees terribles.

–Volem que vinguis amb nosaltres –va dir l'Aureli–. Volem fer un motí contra el capità. Què et sembla?

Em van treure la mà perquè pogués contestar.

–No sé què dir..., em pensava que el Capanegra era un gran capità..., i un pirata temible..., i molt respectat.

–Ximpleries –va replicar l'Eliodor–. Li encanta donar ordres. És un manaire.

–Ja, en fi, per això és el capità –vaig fer.

–Sí, sí, però és més tossut que un bou –va afegir l'Aureli–. Quan se li fica alguna ceba al cap, no s'hi pot raonar gens.

–I després hi ha allò del tresor –va murmurar l'Eliodor.

–T'he dit que no parlis del tresor amb estranys! –el va renyar son germà.

–Cal que ho sàpiga, si ha de participar en el motí –es va defensar l'Eliodor.

–Encara no sabem què farà –va protestar l'Aureli–. Hi vols participar, Petit Corsari?

–Home, ves, si hi ha un tresor...

–És un tresor increïble –va explicar l'Eliodor–. Un cofre molt gros amb monedes d'or, perles i robins. Un del tresors més grans de tots els temps. El capità el té enterrat a l'illa Capanegra..., i no el vol compartir amb la tripulació... Ni tan sols no ens ha dit on para exactament aquesta illa, només que cal navegar cap al sud...

–Quina injustícia més gran –va sentenciar l'Aureli–. Els pirates ho compartim tot..., però aquest capità tirànic només ho vol per a ell. Per això és tan urgent el motí.

–Per això i perquè és una tradició –va continuar l'Eliodor–. Als vaixells pirata sempre hi ha un motí, de tant en tant. No ho sabies?

–No, francament –vaig admetre.

–Ens encanten, els motins! –va exclamar l'Aureli, fregant-se les mans–. I els tresors també! Ha, ha, ha, ha, ha!

Van riure una bona estona, com si tot plegat fes molta gràcia.

–A més, no et pensis que som nosaltres dos i prou... Es tracta d'un motí de gran volada. Explica-l'hi tu, Eliodor.

–Sí, sí, en som una colla... Encara no sé quants, ben bé, però diria que, pel cap baix, som... quatre... o cinc, si hi comptem el cuiner...

–El cuiner encara no s'ha decidit. Mai no saps a qui fa costat aquell vell rondinaire –va reconèixer l'Aureli–, i el Malaherba i el Rocabruna tampoc no ho tenen clar...

–Au, ja n'hi ha prou d'explicacions –va tallar l'Eliodor–. Volem que el lleó i tu participeu en el motí. Podem comptar amb vosaltres?

–No ho sé pas...

En l'única cosa que podia pensar era en la pudor que feien aquell parell.

Una ferum insuportable.

–Vingaaaaaaa, va, digues que sí –va insistir l'Eliodor, fregant-se la cicatriu–. Si veuen que el lleó ens fa costat, de segur que els altres s'hi animen.

–M'ho puc rumiar una estona? –vaig demanar–, és que estic una mica marejat, ara mateix...

–Mira, noi, tens dues opcions –em va tallar l'Aureli–. Primera: el lleó i tu participeu en el motí i ens ajudeu a prendre el comandament de la nau. Si és així, repartim el tresor amb vosaltres i tots contents. Segona opció: fas costat al capità Capanegra. Això seria una llàstima. Si és així, ens veuríem obligats a tallar el coll a tota la teva família i a tu també. Molt trist.

–És molt millor la primera opció –va observar l'Eliodor–, no cal ni dir-ho.

Mirat així, no podia escollir gaire.

–Una pregunta –vaig dir–. Suposant que participi amb vosaltres: si al final fracassa el motí i el capità guanya, què em passarà?

–Home, Petit Corsari, ves quina pregunteta –va respondre l'Eliodor–. Si arribés a passar això, tots els amotinats aniríem de dret als taurons. Però ho veig molt improbable. Som especialistes en motins... Hem fet... Què et diria... Més de cinquanta motins. Oi, tu?

–Sí, sí, n'hem fet més de cinquanta, pel cap baix –va corroborar l'Aureli–. Ens encanten, els motins! I els tresors també, ha, ha, ha, ha, ha, ha, ha!

I vinga riure altra vegada.

No m'esperava una cosa així, al meu primer dia en un galió pirata.

–O estàs amb nosaltres –va dir l'Aureli–, o estàs contra nosaltres. Contesta. Ara mateix.

Se'm van quedar mirant.

Esperaven una resposta.

Havia de prendre una decisió.

Es va girar una brisa suau.

I de nou em va arribar la ferum d'aquells germans.

No podia més.

Em vaig acostar a la barana del vaixell.

Vaig estirar el coll.

Vaig obrir la boca.

I vaig vomitar.

7

L'any 1715, les illes del mar Carib estaven dominades per les grans potències europees:

Anglaterra.

Espanya.

Portugal.

Els Països Baixos.

I França.

Es barallaven contínuament els uns amb els altres.

Hi havia aliances.

I traïcions.

Algunes d'aquelles illes petites canviaven de bandera una i altra vegada.

Es firmaven tractats de pau, però la guerra no s'acabava mai.

En aquelles aigües, hi havia vaixells armats pertot arreu.

I quan no t'ho esperaves, zam!

Topaves de morros amb una altra batalla.

Al mig d'aquell panorama, van sorgir els pirates.

Homes i dones que no acataven les lleis.

I que es volien aprofitar del caos regnant per robar mercaderies, crear la seva pròpia xarxa de comerç clandestí i viure a gust.

Era l'edat d'or dels pirates.

I jo era a bord d'un d'aquells vaixells.

En aquell moment era al costat de la barana de proa, contemplant l'horitzó.

Vesprejava.

M'havia passat una mica el mareig.

Segons deien, anàvem en direcció a l'illa Capanegra.

Un lloc que, durant una època, havia pertangut al regne d'Anglaterra.

Però que actualment no era de ningú.

Més ben dit: de ningú conegut.

Corrien moltes llegendes sobre aquell indret.

Alguns, fins i tot, deien que no existia.

Que tot plegat era una invenció.

Pel que sembla, el Capanegra hi havia enterrat el tresor. I no havia dit a ningú on parava. Només ho sabia ell.

Així doncs, navegàvem cap al sud, tot buscant una illa i un tresor que només coneixia un home.

–Es pot saber què fas?

Em vaig girar en rodó.

Era el capità.

–Digues, què fas? –va repetir.

–Daixò..., no..., o sigui, que no faig res.

–En un vaixell sempre hi ha moltes coses per fer! –va bramar–. Qui t'ha dit que et quedessis aquí com un estaquirot?

–Disculpi, és que en tot el dia no he parat de fer anar el raspall i...

–I res –em va tallar–. Mentre no et digui el contrari, has de continuar fregant.

–Sí, senyor.

Em vaig ajupir i vaig tornar a agafar el raspall amb les dues mans.

Hi havia tanta brutícia, a la coberta, que podria passar-me la resta de la meva vida fregant i encara no acabaria mai.

Em vaig quedar mirant el capità.

Va recolzar les mans a la barana.

I va respirar fondo.

–És impressionant –va dir.

–Parla amb mi? –vaig preguntar, sense gosar mirar-lo directament.

–Que jo sàpiga, només hi som tu i jo –va respondre–. Observa això, Petit Corsari.

Em vaig aixecar per posar-me al seu costat.

–La posta de sol sobre l'oceà –va murmurar–. L'espectacle més impressionant del món.

Ens vam quedar tots dos amb els ulls clavats a l'horitzó.

Sense bellugar-nos.

Sense dir ni piu.

Contemplàvem el sol carbassa.

Reconec que tenia raó: era un espectacle increïble.

Que recordi, era la primera vegada que m'embadalia amb un capvespre.

Em vaig sentir molt bé.

Respirant l'olor del mar.

Al costat d'aquell pirata.

Els últims rajos de sol desapareixien per moments.

Vaig mirar de reüll el capità.

–És veritat allò del tresor? –vaig preguntar.

Va girar-se sorprès.

–Què t'empatolles?

–Robins, perles, or... Un dels tresors més impressionants de tots els temps.

El capità va fer petar la llengua i va dir:

–Ja veig que t'han explicat moltes coses, aquells poca-soltes.

–No, no, i ara... En fi, alguna cosa sí que m'han explicat –vaig admetre–. És veritat o no?

–No et creguis tot el que sents –va contestar–. Els pirates menteixen més que no parlen. Els agrada molt de barallar-se entre ells.

–Però és que això del tresor... –vaig insinuar.

–A mi, l'or i les perles no m'interessen gens ni mica –va etzibar.

–Ah, no? –vaig fer, incrèdul.

–Mira, ara t'explicaré la història d'un home que vaig conèixer fa anys que estava obsessionat amb un tresor –va dir tot seriós–. Temps era temps, hi havia un oficial molt jove de l'armada anglesa que servia en un vaixell de guerra...

–És un conte?

–No és cap conte, és una història de debò. T'ho acabo de dir.

–Com que ha començat dient «temps era temps»...

–Vols que te l'expliqui, sí o no?

–Sí, sí, si us plau, perdoni, ja no l'interrompo més.

–Para atenció –va dir–. El jove oficial anglès es deia Cristof, vivia a Londres i ho tenia tot: un futur excel·lent a l'armada, una nòvia que l'estimava molt i un munt de somnis. Aleshores el van destinar a una missió al Carib. Allò li va capgirar la vida. Va passar anys a alta mar enfrontant-se amb els enemics d'Anglaterra, lluny del seu país i de les persones que estimava.

–També va lluitar contra els pirates, el Cristof?

–Era el seu deure lluitar contra tots els enemics del seu país. Inclosos els pirates. Com a tinent de l'armada, obeïa ordres. El caràcter, durant aquells anys, li va anar canviant. Va haver de participar en tantes batalles, que va perdre la seva alegria natural. El jove ingenu i feliç es va anar convertint en un home trist i solitari. Sense il·lusions. Com més temps passava tancat en aquell vaixell de guerra, més lluny quedava el record de la seva vida anterior.

–Pobre Cristof.

–A mesura que passaven els mesos i els anys, anaven arribant notícies terribles d'Anglaterra: la seva antiga nòvia s'havia casat amb un terratinent ric; els seus pares havien mort de malaltia; i, per si no fos prou, un vendaval havia arrasat el poble on havia nascut. Ja no li quedava res.

–I què va fer?

–Al cap de cinc anys, li van anunciar que per fi s'acabava la seva missió i que l'endemà podria tornar cap a casa. No obstant això, aquella mateixa nit, els pirates van atacar el vaixell del Cristof i el van fer presoner.

–Quina mala sort! L'últim dia, justament! El van matar? El van tirar als taurons? –vaig preguntar, tot neguitós.

–Ningú no sap què va passar. El pirata que el va capturar era el temible... Capanegra.

Em vaig quedar mirant el capità amb els ulls esbatanats.

–Vostè va fer presoner el tinent Cristof? On és, ara?

–Para de preguntar i escolta. El Cristof detestava la guerra i, a més, no tenia cap raó per tornar-se'n a casa. Així doncs, va prendre la decisió d'ajuntar-se amb els pirates. Va adonar-se que totes aquelles guerres esgarrifoses en què havia participat no tenien cap justificació. I que s'havien aprofitat d'ell per una sola raó: les ànsies de poder. Anglaterra, igual que la resta de potències, només volia més terres, més poder, més or. Va prometre que, d'ençà d'aleshores, no serviria cap més imperi, i que seria un pirata fins a la fi dels seus dies.

–Com és que va fer una cosa així, el Cristof?

–Perquè tenia un somni: l'illa dels pirates.

–No n'he sentit parlar mai –vaig murmurar.

–Una illa governada per pirates –va prosseguir el capità–. La primera vegada que m'ho va explicar em vaig pensar que era boig, Però després em vaig adonar que tenia raó, que una cosa així era possible. Si els pirates deixaven de barallar-se entre ells i s'unien, podrien crear una illa on tothom seria lliure. On no hi hauria esclaus. Ni soldats. Ni guerres. Ni pobresa. El primer lloc del món veritablement lliure.

–M'agrada, la idea: l'illa dels pirates.

–No cal dir que hi ha un problema, però. Per aconseguir una cosa semblant calen diners. Molts diners. Cal comprar una illa. I després construir-hi un fort per defensar-se dels enemics. En cas contrari, l'illa duraria quatre dies. Per tant, el Cristof em va proposar que reuníssim un gran tresor i compréssim a Anglaterra una illa al mig de l'oceà.

–El tresor Capanegra!

–Un tresor immens. El més gran que s'hagi vist mai –va assegurar el capità–. Vet aquí el somni del Cristof. Gràcies a aquest tresor, podríem comprar l'illa i defensar-la dels atacants. I ser lliures i feliços la resta de les nostres vides.

–De manera que el tresor... no és per a vostè. És per a l'illa dels pirates!

El Capanegra va afirmar amb el cap.

–M'ha costat molt de temps i de sofriment –va dir–, però per fi he aconseguit reunir aquest tresor perquè es faci possible el somni. Ningú no sap on para l'illa ni el tresor, només jo. I aquests gamarussos murmuren darrere meu, es pensen que els vull enganyar. Però és al contrari: els vull donar una llar per sempre! A ells i a tots els homes i dones lliures!

Va mirar al voltant per assegurar-se que no hi havia roba estesa.

Les ombres de la nit començaven a apoderar-se del vaixell.

Tot seguit, es va treure un objecte de la butxaca i me'l va acostar: era una pedreta de color vermell.

–M'hauries de guardar això el temps que convingui –va dir.

La vaig agafar amb dos dits per observar-la.

–Què és? Una pedra preciosa?

El Capanegra va abaixar la veu:

–És el mapa del tresor.

–Això?

–Sí, Petit Corsari.

No entenia res.

–Sembla una pedra, no pas un mapa –vaig dir–. A més, per què me la doni a mi?

–Perquè no puc confiar en cap altra persona d'aquest vaixell. Promet-me que no l'ensenyaràs a ningú.

–Ho prometo –vaig dir, sense donar-hi gaires voltes.

Tot i que, francament, el que m'havia explicat era una mica estrany.

–Però, llavors..., on és ara el Cristof? –vaig preguntar.

–Molt a prop –va respondre.

Havia de fer-li moltes preguntes més.

Però no vaig poder continuar.

Perquè en aquell moment van aparèixer una dotzena d'homes a la coberta, darrere nostre.

Armats fins a les dents.

Amb torxes, sabres, llances i pistoles.

Al capdavant del grup, els germans Flint.

El Capanegra va mirar amb posat desafiador els tripulant del seu vaixell.

–Què hi feu, aquí, colla de pallussos? –va demanar.

L'Eliodor Flint va aixecar l'espasa i va dir:

–Això és un motí, capità. Rendeixi's ara mateix.

8

–A qui fas costat, tu? –em va preguntar el capità.

Els seus companys l'envoltaven.

Estava acorralat.

Pretenien prendre el comandament del galió.

De grat o per força.

Ell, però, només semblava preocupat per mi.

–Digues –va insistir, mirant-me fixament–. També formes part del motí, tu?

No sabia què respondre.

Em vaig empassar la saliva.

–Jo no..., o sigui..., soc nou en aquest vaixell i...

–El Petit Corsari i el lleó estan amb nosaltres! –va bramar l'Aureli–. Ho ha promès!

–Quina decepció més gran –va dir el capità–. Em podia esperar una cosa així de vosaltres, miserables, però de tu...

I va tornar a clavar-me els ulls.

Tot i que no feia gaire que era al seu costat, aquell home em queia bé.

Al capdavall, era l'únic capità pirata que coneixia.

I la idea de l'illa m'havia agradat.

–A veure, jo tampoc no he fet cap promesa –vaig continuar–. A més, no crec que la meva opinió us importi gaire, tenint en compte que acabo d'arribar a aquest vaixell.

–I tant que ens importa! –va saltar un dels amotinats, que duia dues pistoles molt grosses desenfundades–. A mi m'han convençut perquè m'han assegurat que el lleó i tu esteu de part nostra.

L'Emperador, que encara estava engabiat, va fer un grunyit fortíssim en sentir que parlaven d'ell.

–Això rai, ara –va dir l'Eliodor, acostant l'espasa al capità–. L'únic que compta, aquí, és que el capità és un tirà i es vol quedar el tresor per a ell sol... Això és un motí, Capanegra! Rendeix-te o la pagaràs ben cara!

–O sigui, que això del lleó era mentida? –va preguntar un altre dels amotinats, que duia una barba tan llarga que gairebé tocava a terra.

–Que nooooooo –va contestar l'Aureli, assenyalant-me–. El Petit Corsari va assegurar que s'unirien a nosaltres.

Els germans Flint se'm van quedar mirant.

–Ho vas dir o no ho vas dir? –em va preguntar l'Aureli.

–Formes part del motí o no? –va exclamar el Capanegra, furiós.

No sabia què respondre.

Aquells llops marins semblaven molt preocupats per la meva decisió.

Tant preocupats que no me'n sabia avenir.

–Soc un nouvingut, un foraster –vaig dir, mirant els uns i els altres–; encara no sé què és el més correcte.

–Aquí no es tracta de fer el que és correcte –va replicar el Capanegra–, es tracta de resoldre aquesta situació com ho farien... els pirates de debò.

–Per última vegada –li va advertir l'Eliodor–: rendeix-te o disposa't a morir.

–El Capanegra no es rendeix mai –va respondre ell, reculant.

Els dotze homes es van avançar. No semblaven gaire bones, les seves intencions.

Vaig serrar el puny. A la mà tenia la pedra vermella que, aparentment, era el mapa del tresor.

El Capanegra es va enfilar d'un salt a la barana. Va agafar-se a una de les cordes lligades al pal i va desembeinar el sabre.

–Soc el vostre capità i us ordeno que lliureu les armes! –va exclamar–. Ja sabeu que no em podeu vèncer! No hi ha ningú que faci anar l'espasa com jo!

–No pensem vèncer-te amb l'espasa –va dir l'Aureli.

–Ah, no? –va riure ell–. Què fareu, doncs?

–Això –va respondre el petit dels germans Flint.

Va aixecar la mà.

Va apuntar-lo amb una pistola molt grossa.

I, sense més ni més...

PAM!

El tret va ressonar per tot el vaixell.

Si encara quedava algú que no sabia allò del motí, de segur que ara ja n'estava al cas.

El tret va encertar de ple el capità.

I el va fer caure per la borda.

Es va sentir el soroll que feia el cos en xocar amb l'aigua.

I després hi va haver silenci.

Tots vam quedar esbalaïts.

Havia clavat un tret al capità Capanegra!

Buffffffffff.

De seguida van aparèixer d'altres tripulants.

–Què ha passat!? –va preguntar un dels nouvinguts.

–Han pelat el capità –va respondre el barbut–. L'Aureli li ha fumut un tret.

–Em pensava que era invencible –va afegir el de les pistoles, desconcertat.

Fins i tot ell semblava molt sorprès.

–Ningú no és invencible –va replicar, mirant la pistola que fumejava–. Des d'aquest moment... el galió té un capità nou. Més ben dit, dos capitans: els germans Flint!

–Exacte –va continuar l'Eliodor–. Els germans Flint! Les coses seran molt diferents, a partit d'ara! No tornarem a sentir mai més el nom del dèspota que teníem com a capità! La nostra primera decisió, com a capitans, és anar a buscar el tresor amagat i repartir-lo entre la tripulació!

Alguns dels presents van aplaudir. L'home de la barba va aixecar la mà.

–Com voleu que anem a buscar el tresor si no sabem on para ben bé?

Va haver-hi un murmuri general. En sentir aquella pregunta, em vaig adonar que la pedra vermella que tenia a la mà podia arribar a ser molt important.

–A veure, tranquil·litat –va respondre l'Eliodor–. Sabem que és cap al sud, i a més disposem del mapa de bord amb les notes del capità..., i la brúixola.

–Estem segurs que és una de les illetes desertes que apareixen senyalades al mapa! –va corroborar l'Aureli–. El germans Flint han pensat en tot!

–Una altra cosa –va dir el de la barba.

–Què passa, ara? –va fer l'Aureli, impacient.

–Ja sé que has promès que no tornarem a sentir el seu nom, però resulta que el vaixell es diu Capanegra –va recordar–. Ho diu a tot arreu.

L'Eliodor es va passar la mà per la cicatriu i va girar-se cap a son germà.

–No se'ns havia acudit, això –va admetre.

–Molt senzill –va dir l'Aureli–. La nostra segona decisió, ara que som capitans, serà canviar el nom del vaixell. D'ençà d'aquest mateix vespre, s'anomenarà el galió Flint.

–Haurem d'esborrar les lletres pintades de la proa.

–Les esborrem, doncs.

–I també les de la popa. I de la bodega. I les del timó...

–Que sí, que sí... Demà de bon matí esborrarem totes les inscripcions del vaixell –va dir l'Aureli, cansat del tema–. Alguna cosa més?

Encara no em sabia avenir que haguessin disparat al capità.

No sabia què pensar.

Havia passat molt de pressa, tot plegat.

Tard o d'hora hauria de fer alguna cosa amb la pedra vermella.

L'Aureli, que semblava més manaire que son germà, tot i ser molt més baixet, va enfilar-se en un barril i va exclamar:

–Avís per a tots els tripulants del galió Flint: a partir d'ara, el meu germà i jo en som els capitans! No heu de témer res! S'ha acabat la tirania! D'ara endavant, cada decisió la prendrem entre tots! Posem el rumb cap a l'illa, que ens hi espera el tresor!

El de la barba va aixecar la mà per tercera vegada.

–Entesos, però és que l'illa també es diu Capanegra –va recordar.

–Doncs se li canvia el nom –va tallar l'Aureli–. I prou bestieses!

–L'illa Flint –va dir l'Eliodor–. Assumpte resolt.

–Home, si ara serem tots iguals... –va dir el grandolàs de les pistoles–, podríem posar-li el meu nom: l'illa Camprubí Bastardes!

–Però com vols que li posem un nom així? –va demanar l'Aureli–. Es riuran de nosaltres, quan ho sentin.

–No sé per què, si és un cognom ben maco –va protestar ell–. A més, si ha de ser una illa secreta, el nom quedarà entre nosaltres.

–Ja, ja, però és que això d'illa Camprubí Bastardes no ho veig clar –va dir l'Eliodor–. Descartat.

–No fa ni dos minuts que ets capità i ja t'han pujat els fums al cap –va replicar el barbut.

–Tens algun problema?

–I tu?

Tots dos es van encarar.

I van tornar a treure les armes.

La cosa es tornava a complicar per moments.

Potser el Capanegra tenia raó i els pirates no paraven mai de barallar-se.

–No discutiu –vaig intervenir, provant de calmar els ànims per evitar una altra batussa–. Tinc el nom perfecte.

Tots es van girar cap a mi.

–L'illa dels pirates –vaig dir.

Un murmuri va recórrer la coberta.

–No està malament.

–A mi m'agrada.

–És bonic.

–D'acord –va concedir l'Aureli, de dalt del barril estant–, acceptarem el nom que ha proposat el Petit Corsari. Algú vol dir alguna cosa més, abans que posem el rumb cap a... l'illa dels pirates?

–No, jo no.

–Jo tampoc.

Però aleshores es va sentir una veu:

–Jo sí!

Ens vam girar tots.

I llavors va aparèixer...

La Maria del Carme.

Pel que sembla, s'havia especialitzat a fer entrades triomfals.

No venia sola.

Al seu costat hi havia el contramestre Cokran.

I el cuiner, arrossegant la cama de fusta.

I el pare.

I els meus germans.

I la Maria.

I una altra colla de pirates, que també anaven armats fins a les dents.

–Es pot saber què passa? –va preguntar l'Aureli.

–Molt senzill –va respondre el Cokran–. Això és un motí!

–Un altre!?

–I tant –va contestar el pare.

9

–Un altre motí? –vaig fer.

–Als pirates ens encanten els motins! –va replicar el Cokran.

L'Aureli Flint estava molt enrabiat.

Va assenyalar el grup que acabava d'arribar.

–No podeu fer un altre motí, aquest vespre! –va protestar.

–Per què no? –va preguntar la Maria del Carme.

–Ves..., perquè no –va respondre el petit dels germans Flints–. El costum és un motí a la setmana, a tot estirar.

–Això t'ho acabes d'inventar –va intervenir el cuiner, que era el més vell i la sabia molt llarga.

–Ben dit, cuinetes! –va exclamar ma germana–. Vosaltres heu fet un motí contra el capità Capanegra! I ara nosaltres en fem un contra els germans Flint!

–Això és la fi de la pirateria –es va lamentar l'Aureli–. Dones i nenes dirigint un motí.

–A veure, que el motí el dirigeixo jo –va afanyar-se a dir el contramestre Cokran.

–Però si la idea ha estat meva –va protestar la Maria del Carme.

–Dona –va intervenir el pare–, el senyor Cokran hi té més experiència, deixa'l que porti la veu cantant.

–Als vaixell pirates veig molt de masclisme –va sentenciar la Maria del Carme–. Que no existeixen les dones pirates o què?

Tots van quedar pensatius.

–Sí que n'hi ha alguna –va recordar el cuiner, movent la cama de fusta per fer memòria–. Als meus viatges pel mar de la Xina, quan era jove, en vaig conèixer una... I a les Barbados també va haver-hi una contramestra molt aguerrida...

–Però no gaires, francament –va reconèixer el barbut–, les coses com siguin.

–I què hi té a veure, això, ara? –va preguntar el Cokran.

–Hi té molt veure –va insistir la Maria del Carme–, perquè ja comença a ser hora que una dona sigui capitana d'un vaixell pirata.

–Aquest motí vostre és un desastre! –va exclamar l'Aureli–. Si no sabeu ni qui té el comandament!

–El comandament el tinc jo! –van cridar alhora el Cokran i la Maria del Carme.

Tots dos es van mirar sorpresos.

Alguns dels presents van riure en sentir-los parlar a la vegada.

–No ens podeu vèncer de cap manera! –va sentenciar l'Aureli.

–A més –va afegir l'Eliodor–, nosaltres hem fet el motí per repartir el tresor entre la tripulació. I vosaltres? Quina raó teniu per fer-ne un altre?

–Es veu d'una hora lluny –va respondre el Cokran.

–Ah, sí? –el va desafiar l'Eliodor–. Vinga, explica'ns-ho, que ho sentim tots.

–En primer lloc, som partidaris del Capanegra –va dir el contramestre–, i no ens agrada gens ni mica que hàgiu eliminat el capità d'aquesta manera.

–Ben dit.

–Això mateix.

–I tant –va sentenciar el pare.

–I també volem fer alguns canvis al vaixell –va continuar la Maria del Carme–. Volem que hi hagi dones a la tripulació! I no tan sols mariners! També volem que hi hagi una capitana i una contramestra! Igualtat absoluta entre homes i dones als vaixells pirates!

Els mateixos homes que l'acompanyaven la van mirar perplexos.

–D'això no n'havíem parlat –va dir el Cokran.

–Doncs ja tocava –va admetre ella.

–Potser no és hora de tocar aquestes coses, Maria del Carme –va intervenir el pare–; de moment podríem dedicar-nos a recuperar el galió i deixar el tema de les dones per a més endavant.

–Sempre és un bon moment per parlar de la igualtat entre homes i dones –va exclamar la Maria.

–Per una vegada et dono la raó! –va afegir la Susanna.

–Sí, jo també hi estic d'acord –va dir el pare–. Recordeu, però, que som en una època molt diferent. Aquests pirates tan simpàtics són lladres i assassins sanguinaris que potser no estan preparats per parlar de la igualtat entre homes i dones.

–Ha dit que no hi estem preparats? –va preguntar el barbut.

–Ens ha insultat, el bigotut aquest?

–Em sembla que sí –va dir un altre, desembeinant un ganivet descomunal.

–No era pas la meva intenció, senyors –es va excusar el pare–, és que al lloc d'on venim nosaltres les coses són molt diferents...

–Al regne de Badia del Vallès, les dones poden ser capitanes pirates? –va preguntar l'Eliodor, desconcertat.

–A Badia del Vallés, les dones poden ser el que els doni la gana –va replicar la Maria–. Només faltaria!

–Jo, de gran, vull ser pilot d'avions i trompetista –va anunciar ma germana.

–Què és això dels avions?

–Susanna, no emboliquis més la troca! –la va tallar el pare.

–S'ha acabat! –va cridar l'Aureli–. No entenc la meitat de coses que dieu, però ja n'estic tip! Els que facin costat als Flint que es posin en aquest cantó. I els que facin costat al Cokran i als estrangers que es posin allà.

Gairebé tots es van posar al costat dels Flint.

No sortien bé, les coses.

Després d'aquella conversa, van canviar de bàndol fins i tot alguns que al principi estaven a favor del contramestre.

–Cuinetes, tu també ens abandones? –va preguntar ma germana.

–Em sap greu, però he vist massa coses i em diu el cor que això no sortirà bé –va respondre el cuiner. I se'n va anar cap als Flint arrossegant la cama de fusta–. M'estimo més fer costat a la majoria. És així que he sobreviscut tants anys.

Només el Cokran i uns quants més es van quedar al nostre cantó.

No teníem cap possibilitat de guanyar.

Hi va haver un silenci tens.

Els Flint i els seus partidaris se'ns tirarien a sobre en qualsevol moment.

I s'acabaria la nostra aventura en aquell galió.

Havia arribat el moment de fer-hi alguna cosa.

Però quina!?

El cuiner va aprofitar la foscor per fer-me un gest.

Al principi no el vaig entendre.

Assenyalava no sé què amb la cama de fusta.

Assenyalava...

La gàbia del lleó!

Això mateix!

Aquell cuiner carregat d'anys m'indicava el que havia de fer.

Sense que ningú se n'adonés, vaig retrocedir uns quants passos a les fosques, molt a poc a poc.

Vaig obrir la gàbia.

I d'un salt...

L'Emperador es va plantar al mig de la coberta!

Ensenyant els ullals i les urpes.

Em vaig col·locar al seu costat.

–Tranquil, Emperador –vaig dir, agafant-lo.

La fera va obrir la boca i va fer un rugit esgarrifós.

GRRRRRRRRRRRRRRRG.

Em vaig posar molt seriós i vaig exclamar:

–L'Emperador diu que si no doneu suport al motí del Cokran i la Maria del Carme... es menjarà tots els pirates d'aquest vaixell!

En un batre d'ulls, uns quants homes van canviar de bàndol i van córrer cap a nosaltres.

–A mi m'ha convençut.

–I a mi.

–A mi també.

–Perdó, Aureli –va dir el barbut–, però me'n vaig amb ells.

Gairebé tothom va canviar de bàndol en veure el lleó que rugia.

–Però tu també? –va preguntar l'Eliodor al grandolàs de les pistoles–. Si vols, podem anomenar-la Camprubí Bastardes, l'illa.

–Massa tard.

En un tres i no res, s'havia tornat a girar la truita. Aquells pirates canviaven de bàndol amb molta facilitat.

Devíem ser més de seixanta, ara.

I ells... amb prou feines tres.

–Ben mirat, que una dona sigui capitana no és mala idea –va dir el cuiner vell, mentre tornava a col·locar-se al costat de la Maria del Carme–. És una de les poques coses que em falten per viure: servir en un vaixell dirigit per una dona.

Va posar-se al nostre costat.

Al seu bàndol només n'hi quedaven dos.

L'Aureli.

I l'Eliodor.

–Els germans Flint no ens rendim mai –va dir l'Aureli, desafiador–. Encara que ens abandoneu tots, continuarem lluitant per allò que creiem just. Això ho hem començat nosaltres, i nosaltres ho acabarem!

El seu germà el va mirar poc convençut.

–Tampoc no cal ser tan tossut –va murmurar, en veure que estaven acorralats–. Al capdavall, si tots fan costat al Cokran i l'estrangera, potser també podríem deixar per a un altre dia això nostre...

–Tu també estàs de part seva, germà? –li va preguntar l'Aureli.

–És que són molts més. I tenen un lleó.

–M'és completament igual! –va cridar l'Aureli, desesperat, preparant la pistola i l'espasa per a la lluita–. Al primer que es mogui, li engego un tret!

Estava sol al davant d'un munt d'homes armats.

Era evident que tenia les de perdre.

Ara bé, el primer que l'ataqués rebria un tret.

Per un moment vam quedar-nos ben quiets.

Aleshores, el meu germà Santi, que havia estat en silenci tota l'estona, va assenyalar cap a l'esquena de l'Aureli.

–Perdoneu, no voldria molestar –va dir–, però... allà al darrere acaba d'aparèixer el capità Capanegra!

–No hi cauré pas –va replicar l'Aureli, desafiador–. No penso mirar enrere perquè m'ataqueu a traïció. Soc un llop marí vell i em conec tots els trucs.

–Que no és cap truc –va insistir mon germà–: és el Capanegra.

–Sí, i tant...

Vaig dirigir la mirada cap al lloc que assenyalava el Santi.

Efectivament: algú acabava d'enfilar-se per la barana del vaixell.

Enmig de la penombra de la nit.

Una silueta inconfusible.

Era...

El Capanegra en persona!

Tenia una ferida molt grossa en una espatlla.

Estava amarat.

I feia molt mala cara.

Però era viu!

Fins i tot es va girar l'Eliodor.

–Aureli, és veritat –va advertir a son germà, reculant esfereït–. El capità ha ressuscitat!

–Pareu de dir bestieses! –va exclamar l'Aureli–. No hi crec, en fantasmes! I no penso girar-me!

El Capanegra va treure aigua per la boca.

Va aguant-se dret amb molt d'esforç.

Va caminar pas a pas, lentament, davant la mirada atenta de tothom. Llevat de l'Aureli Flint, que encara ens apuntava amb la pistola de dalt del barril estant.

El capità va arribar al seu darrere mateix.

I va clavar una coça tremenda al barril!

L'Aureli no va tenir temps de reaccionar.

Va perdre l'equilibri i va caure de cop.

Del terra estant, va mirar el capità amb cara d'espantat.

–Ets una visió del més enllà? –va fer.

El capità va estossegar i va respondre:

–Ningú no pot eliminar el Capanegra. En caure a l'aigua m'he agafat a un dels caps de babord i he pujat grimpant enmig de les onades. M'he empassat aigua, me donat un cop al cap i perdo sang. Però he tornat.

–Quina mala pinta que té, pobre –va dir la Susanna.

–Jo no volia disparar-te –es va disculpar l'Aureli–. En fi, una mica sí, però amb bona intenció, t'ho prometo.

El Capanegra li va posar una bota al pit.

I també va assenyalar l'Eliodor.

–Sou un parell de traïdors –va dir–. Encara que sigui l'última cosa que faci, us liquidaré amb les meves pròpies mans.

–La idea del motí ha estat de mon germà –es va defensar l'Eliodor–. A més, jo estava a punt de canviar de bàndol, oi que sí? Digueu-l'hi, si us plau...

–Silenci! Soc el capità Capanegra! Soc una llegenda! I soc invencible, com ha quedat demostra...!

No va poder acabar la frase.

Va caure en rodó.

Com un sac.

–S'ha desmaiat –va dir el cuiner.

–Normal –va dir la Maria del Carme–, li han fumut un tret, ha caigut al mar, s'ha empassat aigua i ha grimpat per una corda enmig de les onades... És un miracle que sigui viu.

–I tant –va assegurar el pare.

–I què fem, ara? –va preguntar la Susanna.

Abans que ningú li pogués respondre, un grumet que vigilava al capdamunt de la vela major va fer un crit d'alarma:

–Vaixell a estribord!

Tots ens hi vam girar.

El Cokran va treure uns binocles per mirar cap al lloc que assenyalava el grumet.

Al mig de les aigües fosques es distingia una llum.

–És un vaixell portuguès –va murmurar el Cokran–. Té pinta de ser enorme. Hem d'actuar amb rapidesa. Arrieu la bandera pirata i hisseu l'anglesa!

–Com és, això?

–Els hem de fer creure que som un vaixell mercant anglès –va respondre–. Quan hi estiguem a prop, tornarem a fer onejar la bandera pirata.

–I què passarà, aleshores?

–El millor del món –va respondre el contramestre–. Que els abordarem i ens quedarem el botí.

10

Vam passar tota la nit empaitant el vaixell portuguès.

A trenc d'alba, per fi en vam poder veure clarament les veles.

Era un mercant gegantí amb vuit pals enormes.

Semblava el doble de gran que el nostre galió.

Havíem passat hores navegant darrere d'ell, seguint el seu solc.

Escurçant la distància molt a poc a poc.

Em creia que aquestes coses de pirates eren més ràpides.

Pel que sembla, però, requerien temps.

Havíem de dissimular perquè no es pensessin que els perseguíem.

Es tractava de fer-los creure que anàvem casualment en la mateixa direcció.

Fins que els tinguéssim prou a prop.

Aleshores els atacaríem.

El capità Capanegra feia hores que estava inconscient a la seva cabina, recuperant-se del tret i les ferides.

Els germans Flints estaven tancats a la bodega.

El Cokran havia pres el comandament del galió.

La Maria del Carmen va voler protestar, però no en van fer ni cas.

Per més que la idea del segon motí hagués estat seva, i per més que el lleó li fes costat, no pensaven permetre que una dona nouvinguda es posés a donar ordres.

A hores d'ara, el contramestre era la màxima autoritat a bord, i no calia parlar-ne més.

A part d'això, tenia molta més experiència que ningú.

El Cokran va tornar a observar el vaixell portuguès amb els binocles. Cada vegada el teníem més a prop.

El contramestre va fregar-se les mans i va somriure ensenyant les dents d'or.

–Obtindrem un bon botí –va dir. I després va aixecar una mà–: Tothom al seu lloc!

Així que va fer un gest, gairebé tots els tripulants van arreplegar les armes i van amagar-se.

D'aquesta manera, quan el vaixell mercant advertís la nostra presència, no sospitaria que érem un galió farcit de pirates.

Gairebé cinquanta homes esperaven ajupits el moment de l'abordatge. Amb les espases i les pistoles a punt.

Mentrestant, uns quants més es van quedar a la coberta, a la vista de tots, per continuar conduint el vaixell.

–I nosaltres què fem? –va preguntar el pare.

–Dissimuleu –va dir el cuiner, caminant amb la cama de fusta–. Representa que som un vaixell mercant i que sou mariners foguejats...

El meu pare i mon germà van agafar un corda que penjava d'un pal, imitant els altres.

–Però què feu!? –va preguntar el Cokran, en veure'ls.

–Daixò... aguantar el pal? –va demanar el Santi.

–Quin desastre! –va exclamar el contramestre–. Si us veuen fer el ruc d'aquesta manera, s'adonaran que passa alguna cosa estranya!

–Però és que... –va insinuar mon germà.

–Els sis nous, amagueu-vos a baix! –el va tallar el Cokran–. I emporteu-vos el lleó perquè no s'espantin! No us vull veure ni sentir fins que no us ho digui! Pot ser un botí enorme! No podem deixar-lo escapar!

Li vam fer cas.

A contracor, la Maria del Carme es va amagar amb el pare, el Santi i la Susanna.

Jo vaig baixar amb la Maria a la part inferior del vaixell. Vam entrar en una mena de sala molt gran on hi havia una dotzena de canons.

Alguns dels tripulants també hi eren.

La meva veïna Maria i jo vam seure al costat d'una finestreta i ens vam quedar ben quiets.

L'Emperador va arrupir-se als nostres peus.

Vaig observar dos mariners que s'arrambaven a un altre dels canons.

Eren el barbut i el de les pistoles.

Semblaven molt esverats.

–Creus que ens en sortirem? –va preguntar el de la barba, assenyalant el vaixell portuguès.

Com més ens hi acostàvem, més gegantí ens semblava.

–És molt més gran que el nostre galió –va respondre l'altre–, però nosaltres som més ràpids.

–Ja, però si ens descobreixen abans que els abordem, començaran a disparar els canons i no podrem fer-hi res. Recorda el que va passar a l'Star.

–No vull ni pensar-hi. Van enfonsar aquell galió i van liquidar-los tots sense que es poguessin defensar.

–Espero que el Cokran sàpiga el que s'empesca.

–Tant de bo que el capità estigués dret.

–Tant de bo...

No estaven gaire animats, que diguéssim.

Segons les seves paraules, aquella operació d'abordatge era molt arriscada. I tots els que érem a bord estàvem en perill.

Em sembla que ja devíem ser a la distància justa.

El cuiner ens havia explicat amb molta paciència que no podíem disparar els canons; es tractava de capturar la nau, no pas d'enfonsar-la.

Segons va dir, quan el capità de l'altre vaixell veiés la bandera pirata, potser es rendiria per evitar un vessament de sang. El Cokran i els altres pujarien a bord, s'endurien el botí i la situació es resoldria sense cap tret.

Dit així pintava molt fàcil.

Però també podia passar el contrari.

Que no es rendissin.

Que decidissin defensar-se amb les seves armes.

I que ens enfrontéssim a una batalla imminent.

Contra aquella nau enorme.

Si sospitaven res, o si decidien no rendir-se, s'armaria un bon cacau.

Des de la nostra posició, només s'albirava una part del mercant portuguès. Avançava pel mar a poca distància del nostre vaixell.

Al galió hi havia un gran silenci.

A mesura que ens hi apropàvem, la tensió es feia més i més palpable.

Era com si tothom sabés que estava a punt de passar-ne una de molt grossa.

Vaig notar que m'agafaven la mà.

Vaig abaixar la vista.

Era la Maria.

Vaig quedar paralitzat.

–Et molesta? –em va preguntar.

–No..., no..., jo no..., o sigui, que no em fa res... Les persones s'agafen la mà quan tenen por, em sembla...

–També s'agafen quan s'agraden –va replicar ella.

Ara sí que vaig començar a posar-me molt nerviós.

Una mena d'escalfor em va pujar pel cos.

Em sembla que m'enrojolava.

–Ja, en fi –vaig dir–, ja ho he sentit. Jo d'aquestes coses no..., o sigui..., que no en tinc ni idea...

La Maria se'm va quedar mirant.

Va somriure i li van aparèixer els clotets.

No sé si esperava que digués o fes res.

Però només tenia una cosa al cap, jo:

Tant de bo que passi alguna cosa, que disparin una canonada, o que cridi algú, o el que sigui...

Però res.

Silenci.

La Maria encara em mirava fixament.

I no em deixava anar la mà.

No podia suportar-ho més.

Havia de fer alguna cosa.

De manera que em vaig despenjar amb el primer que se'm va acudir:

–El capità Capanegra m'ha donat un mapa del tresor!

La Maria va quedar molt sorpresa.

–Un mapa? –va fer.

–Sí. Guaita.

Em vaig treure de la butxaca la pedreta vermella que m'havia donat el capità.

Molt bé, d'acord: ja sé que havia promès que no l'ensenyaria a ningú

Però és que la Maria...

Era la Maria!

I m'havia agafat la mà!

I em mirava molt fixament!

Havia de fer alguna cosa per sortir d'aquella situació desesperada.

Vaig obrir la mà.

I al palmell va aparèixer la pedra.

Semblava més vermella que la nit anterior.

Com si de dia encara fos més brillant.

–Estàs segur que és un mapa? –va preguntar ella, observant-la encuriosida.

–És el que va dir el Capanegra.

–I per què te la va donar?

–No ho sé. Es veu que no podia confiar en ningú més.

–I què en faràs?

La Maria no parava de preguntar coses de les quals no sabia la resposta.

–Doncs... de moment guardar-la. Fins que el capità estigui bo. I després l'hi tornaré. És molt important, pel que sembla.

Vam observar tots dos la pedra, provant d'entendre quins secrets podia guardar.

La Maria es va treure el telèfon mòbil... i va fer una foto!

–Per què ho has fet? –vaig preguntar.

–Per si de cas –va respondre. I n'hi va fer dues més.

En aquell moment...

BUMMMMMMMMMMMMMMMM

Una canonada terrible va impactar contra el galió!

La Maria va sortir volant i va caure de morros.

Jo vaig caure de cul.

I la pedra... va sortir rodolant pel terra de la bodega.

–Ens disparen des del mercant! –va cridar el cuiner, fent el crit d'alarma.

–Si és un mercant, no hauria de tenir gaires canons –va protestar el marí barbut.

BUMMMMMMMMMMMMMMMMM

Una altra canonada.

I una altra.

Allò pintava molt malament.

–Doncs es veu que sí que en tenen!

Se sentien crits pertot arreu.

Els homes van començar a córrer.

Fugien.

El contramestre va exclamar:

–No us deixeu endur pel pànic! Xafarranxo de combat!

S'acostava una gran batalla.

Vaig buscar amb la mirada la pedra vermella.

Havia de recuperar-la abans que fos massa tard.

La vaig veure a l'altre costat de la bodega.

Vaig preguntar a la Maria:

–Estàs bé?

–Més o menys –va respondre, tocant-se el cap–. Em sembla que tinc un bony... I a més..., el mòbil s'ha fet miques!

Efectivament: el telèfon de la Maria havia anat a petar contra un canó i estava destrossat.

El Sephorosa 9.0 d'última generació s'havia fet malbé completament.

Estava totalment inservible.

La situació empitjorava per moments.

Bufffffffff.

–Encara ens queda el meu –vaig dir.

–I la pedra? –va preguntar ella.

–Vaig a buscar-la.

Em vaig posar dret i vaig córrer cap al mapa.

O sigui, cap a la pedra.

Vaig avançar enmig del caos.

Encara se sentien canonades.

I crits.

Quan estava a punt d'arribar a la pedra, un mariner va passar corrents i, sense adonar-se'n...

Li va clavar una coça fortíssima!

La pedra va sortir disparada.

Va rebotar contra una de les parets...

I va sortir volant per una finestreta!!!

–Nooooooooooooooooooooo –vaig cridar.

Però ja no podia fer-hi res.

La pedra vermella havia desaparegut per aquella finestreta.

Hi vaig treure el cap i l'única cosa que vaig veure va ser... el mar.

Un munt d'aigua pertot arreu.

El Cokran va desembeinar l'espasa tot cridant:

–Hisseu la bandera! Que vegin qui som!

Després d'algunes canonades, el mercant portuguès havia deixat de disparar-nos. Era davant nostre, i només ens en separaven unes quantes braçades d'aigua.

Havíem pujat tots a la coberta.

Jo m'agafava a la barana.

Per un moment, se m'havia acudit de tirar-me al mar per recuperar la pedra vermella.

Després em vaig adonar que no era una bona idea.

Si ho feia, era molt probable que no aconseguís res. Allò no era com la piscina del meu barri. Era un mar immens i profund, farcit de taurons i d'altres perills. Deixant de banda que ens trobàvem al mig d'una batalla.

No tenia altre remei que acceptar que havia perdut la pedra. I que hauria de donar una explicació al Capanegra.

Però això seria més endavant. Quan el capità es despertés.

Ara teníem problemes més urgents.

Vaig veure que la Maria pujava de la bodega i que em volia dir no sé què.

Però no va poder acostar-se'm. Com que s'havia decretat xafarranxo de combat, la situació era d'una tensió extrema. Tots els tripulants tenien les armes desembeinades, preparats per allò que passaria.

Dos homes van complir les ordres del Cokran i van hissar la bandera del galió.

El contramestre s'imaginava que, en veure-la, els de l'altre vaixell es rendirien.

Però va passar una cosa molt diferent.

Al cap d'un moment, el mercant també va arborar una bandera nova...

Una bandera pirata!

Resulta que ells també eren pirates!

Tot i que la seva bandera era diferent.

La del Capanegra era una calavera amb dues espases encreuades.

La del vaixell que teníem al davant, en canvi, eren tres esquelets. I cada un duia una espasa a la mà.

Pel que sembla, hi havia moltes banderes pirata diferents.

Encara que totes eren negres, cada capità triava la que volia.

El cas és que aquella nau que teníem al davant... també era un vaixell pirata!

–Per què portaven la bandera de Portugal, doncs? –va preguntar el pare–. Em faig un embolic, jo.

–Pel mateix motiu que nosaltres –va respondre el cuiner vell, com si fos ben evident–: per enganyar-nos. Ho he vist mil vegades.

El Cokran va moure els braços i va cridar cap a l'altre vaixell:

–Alto el foc, amics! Aquí tots som pirates!

Ningú no va respondre.

De manera que el Cokran va insistir:

–No ens barallem entre nosaltres!

A la coberta de l'altre vaixell no es veia ni una ànima.

Era com si tots estiguessin amagats.

Preparant-se per a un atac, potser.

El contramestre ho va provar una vegada més:

–Som el famós galió Capanegra! Identifiqueu-vos! Qui sou, vosaltres, companys pirates?

Al cap d'una estona, per fi va aparèixer algú a la coberta.

Eren tres figures fosques.

Amb turbants i mocadors negres que els tapaven la cara.

I unes espasotes enormes al cinturó

–No som companys pirates! –va respondre l'una.

–I que sou, si es pot saber? –va fer el Cokran.

–Doncs som... companyes pirates!

Les tres figures es van treure el mocador que les cobria.

I per fi els vam poder veure la cara.

Eren dones!

Tres dones pirates!

Una de rossa.

Una altra de morena.

I la tercera pèl-roja.

Amb els cabells llargs i embullats.

La mirada desafiadora.

I un aspecte ferotge.

–Sou... vosaltres sou...! –va quequejar el Cokran tot reculant, incapaç d'acabar la frase.

Es veu que les havia reconegut.

–Exacte! –va dir la pèl-roja–. Som les Tres Mils Annes! Jo soc l'Anna la pèl-roja!

–Jo soc l'Anna la morena!

–I jo l'Anna la rossa!

No crec que els oblidés mai, els seus noms.

–No deies que gairebé no hi havia dones pirates? –va preguntar la Maria del Carme.

–Les Tres Mil Annes són una llegenda –va respondre el cuiner–. Fins i tot jo mateix, que he viatjat més que ningú en aquest vaixell..., em pensava que no existien.

–Dels que les han vist, ningú no ha sobreviscut per explicar-ho –va murmurar el barbut, empassant-se la saliva amb cara d'espantadíssim.

–Som les pirates més temibles dels set mars! –va continuar l'Anna la pèl-roja–. No ens rendim mai! Mai no deixem supervivents! I mai no se'ns escapa un botí! Som les Tres Mil Annes!

–Però són tres –vaig murmurar–. No pas tres mil.

–I tant –va dir el pare, que estava igual de perplex que els altres.

Com si m'haguessin sentit, en aquell moment van aparèixer darrere d'elles un munt de dones armades fins a les dents.

No crec que fossin tres mil.

Però n'hi havia moltes, no cal ni dir-ho.

I no semblaven tenir bones intencions.

Portaven trabucs, pistoles grosses, espases descomunals.

I absolutament totes... eren dones.

L'Anna la pèl-roja ens va assenyalar del vaixell estant i va exclamar:

–Rendiu-vos ara mateix..., o disposeu-vos a morir!

El Cokran va mirar al seu voltant.

Tothom feia la mateixa cara d'espant que ell.

–Però, Anna, o sigui Annes... –va insinuar el contramestre–, el codi pirata diu que entre pirates no ens robem...

–Ximpleries! –el va tallar la pèl-roja–. Aquest codi se'l van inventar els homes! Per a nosaltres no té cap valor! Les Tres Mil Annes robem qualsevol vaixell el capità del qual sigui un home! Tant se val que sigui anglès, espanyol, portuguès o pirata! Ens encanta, robar als homes!

Va aixecar l'espasa.

I va preguntar:

–Qui som?

Totes les dones del seu darrere van desembeinar les espades i van respondre alhora:

–Les Tres Mil Annes!

–Què fem?

–Robar als homes!

–Per què?

–Perquè ens encanta!

Així que van acabar-se els crits, es van obrir les troneres del seu vaixell i cent canons ens van apuntar directament.

No teníem escapatòria.

Si disparaven tots aquells canons alhora, sortiríem volant fets miques.

Eren moltes més.

Estaven més ben armades.

I el seu vaixell en feia dos com el nostre.

–Voto que ens rendim –va dir el pare–, i que resem perquè ens perdonin la vida.

–No les has sentit, pare? –va fer el Santi–. Mai no deixen supervivents.

–Què farem, doncs?

Bona pregunta.

No hi havia sortida.

–Podeu escollir –va dir l'Anna la pèl-roja–. Morir sota el foc dels canons. O morir travessats per les nostres espases.

Quin panorama.

El Cokran estava tan espantat que no es podia ni bellugar.

Una gota de suor li va caure front avall.

El contramestre havia de prendre una decisió.

Fer-hi alguna cosa.

Però estava garratibat de por.

De sobte, se'm va acudir una idea.

Potser era una bestiesa.

Però valia la pena de provar-ho.

Vaig fer un pas endavant i vaig exclamar:

–Perdó, però no podeu matar-nos!

Les tres Annes van canviar mirades de sorpresa.

La pèl-roja va dirigir-se cap a mi a crits:

–Qui diantre ets, tu?

–Soc el Tià de Badia del Vallès, encara que aquí tots em coneixem pel nom de Petit Corsari.

–I per què no us podem matar, Petit Corsari? –va preguntar l'Anna la pèl-roja.

–Per una raó molt important –vaig respondre.

–No m'imagino cap raó amb què perdonar-vos la vida –va dir l'Anna la rossa–. Hem destruït centenars de vaixells molt més perillosos i més grans que el vostre.

–Si de debò tens una raó, digues-la d'una vegada o calla per sempre –va afegir l'Anna la morena–.

Vaig respirar fondo.

Em vaig passar la llengua pels llavis.

I vaig dir:

–La raó és que aquest vaixell... també el capitaneja una dona.

I vaig assenyalar la Maria del Carme.

12

Les Tres Mil Annes feien cara de desconcertades.

No s'esperaven una cosa així.

–És veritat, això? –va fer la pèl-roja.

–Per descomptat –vaig respondre.

Em vaig girar cap al contramestre i li vaig indicar que em seguís la veta.

–És ben cert –va afegir ell–. I tant que sí... Us presento... la Maria del Carme! La capitana del nostre galió.

Ella va fer un crit sufocat en sentir el seu nom.

No se'n sabia avenir.

–Digues alguna cosa, dona –la va animar el Cokran.

–Daixòooo..., hola, molt de gust –va fer, atemorida–. Doncs sí, es veu que soc la capitana..., des de fa poc..., molt poc..., però, vaja, que soc... la capitana. I soc... una dona. I també soc... pirata. No haig de dir res més, ara per ara.

I va fer un esbufec.

Les tres Annes la van observar amb desconfiança.

No semblaven gaire convençudes.

–Fa un moment heu dit que aquest és el famós galió Capanegra –va replicar l'Anna la pèl-roja.

–Ja, en fi, això sí –va admetre el Cokran.

I em va mirar de reüll, demanant-me ajuda per sortir d'aquella situació.

–I tant que és el galió Capanegra! –vaig exclamar–. Per això la nostra capitana és... la Maria del Carme Capanegra!

Un Oooooooh va recórrer la coberta.

–Maria del Carme Capanegra? –va preguntar l'Anna la morena.

Vaig donar una empenteta a la Maria del Carme, que va aixecar el cap i va dir amb veu de tro:

–Aquesta soc jo!

–I tant –va assegurar el pare, per donar-li suport.

L'Anna la pèl-roja va negar amb el cap.

–Fa anys vaig conèixer el capità Capanegra –va dir–. I et ben dic que no s'assemblava a tu gens ni mica.

–El coneixies? –va preguntar l'Anna la rossa.

–Sí, una mica.

–En persona? –va insistir la morena.

–Que sí.

–No ens ho havies explicat –va dir la rossa, decebuda.

–És que va ser fa molt de temps –es va justificar la pèl-roja–. A més, això no ve a tomb, ara.

–Em pensava que entre nosaltres ens ho explicàvem tot –es va lamentar la morena.

–Au, va, ja n'hi ha prou! –va esclatar l'Anna la pèl-roja–. Vaig conèixer el capità Capanegra en una batalla als Salzes! Vam lluitar plegats contra els anglesos! Una cosa va dur a l'altra, fins que al final... ens vam fer nòvios!

–Nòvios!? –va preguntar l'Anna la rossa.

–Però nòvios nòvios? –va afegir la morena.

–Sí, molt nòvios! –va contestar la pèl-roja–. Ens volíem casar i tot! Però em va deixar plantada a l'altar! Davant de tots els convidats! I no en vaig saber res més! D'ençà d'aleshores no l'he tornat a veure! Vaig patir molt per culpa seva. He fet els possibles per oblidar-ho, per això no us ho havia explicat!

–Quin miserable –va dir l'Anna la morena.

–Si és que tots els homes són iguals –va afegir la rossa.

–Això no hi fa res, ara! –va tallar la pèl-roja, que semblava emocionada amb els records; i va tornar a assenyalar la Maria del Carme–: El cas és que no s'assemblava a tu gens ni mica! Tu no ets la capitana del galió Capanegra! Ets una farsant!

La Maria del Carme va recular, espantada.

Feia l'efecte que l'Anna la pèl-roja estava furiosa i que ordenaria en qualsevol moment que disparessin els canons.

–Et prometo que... soc la capitana Capanegra! –va insistir la Maria del Carme–. Em vaig posar aquest nom quan vaig arrabassar el comandament al capità Capanegra.

–Vas fer un motí contra el capità? –va preguntar l'Anna la pèl-roja, sorpresa.

–Un gran motí –va respondre la Maria del Carme–. Als pirates ens encanten els motins, prou que ho saps! He, he!

–I com t'ho vas manegar per derrotar-lo? –va preguntar l'Anna la rossa, recelosa.

–Doncs... amb molt d'esforç... i amb valor... i amb... o sigui, amb...

Semblava encallada, la Maria del Carme.

S'havia d'esforçar per convèncer aquelles pirates que era la capitana, que havia encapçalat un motí i que n'havia sortit victoriosa.

En cas contrari no salvaríem la pell.

Tots la vam mirar fixament, provant d'animar-la perquè continués parlant.

Es va empassar la saliva.

Era evident que no sabia què més dir.

Aleshores, algú altre va adonar-se que necessitava un cop de mà.

L'Emperador va fer un salt de la bodega estant!

I es va plantar enmig de tots, ensenyant els ullals.

GRRRRRRRRRRRRRRRRRR

Les Tres Mil Annes van fer un pas enrere al mateix temps.

Allò sí que no s'ho esperaven.

–Vaig derrotar el capità amb esforç, valor i... amb un lleó salvatge! –va dir la Maria del Carme, tota orgullosa.

Per primera vegada, va semblar que les Annes se la creien.

–Una capitana! –va dir la rossa–. Amb un lleó! I al davant d'una tripulació d'homes! M'agrada!

–A mi també –va assegurar la morena.

–Doncs assumpte resolt –va dir el Cokran, girant-se cap a elles–. Com que només ataqueu vaixells amb capitans, ja podem anar-nos-en tranquil·lament. Hem tingut molt de gust de conèixer-vos... Ja ens veurem algun dia. Apa, som-hi.

El pare va aixecar la mà tot exclamant:

–Visca la capitana Maria del Carme Capanegra!

–Visca! –van corejar els homes.

Enmig de l'eufòria, ma germana petita es va animar de cop i va dir:

–I visca la contramestra Susanna Capanegra!

–Una nena de contramestra? –va preguntar l'Anna la rossa, estranyada.

–En fi, més aviat la «futura» contramestra –va explicar la Maria del Carme, i va assenyalar la Susanna i la Maria–: aquestes dues noietes són les meves... aprenentes. Futures pirates de soca-rel!

–Jo passo de ser pirata –va dir la Maria, assenyalant la Susanna–, i encara menys amb aquesta set-ciències.

–No li feu cas –es va excusar la Maria del Carme–. Està en una edat molt complicada... Li comencen a agradar els nois i aquestes coses...

–Mare! –va protestar la Maria–. No parlis de mi com si no hi fos!

–Si és la veritat –va insistir la Susanna–. Ara li agrada mon germà, el Petit Corsari... No para de fer-li miradetes...

–Mentida!

–S'han acabat les bestieses!!! –va bramar l'Anna la pèl-roja.

Vam callar tots de cop.

Si ens pensàvem que s'havia solucionat el problema de les Tres Mil Annes, estàvem molt equivocats.

La pèl-roja ens va apuntar amb l'espasa i va dir:

–Us explicaré el que passarà tot seguit: pujarem al vostre vaixell i l'escorcollarem de dalt a baix. I si hi veiem alguna cosa que ens faci pensar que ens heu mentit, us tallarem el coll a tots.

13

Van tirar unes cordes amb ganxos.

Es van assegurar que els dos vaixells quedaven ben units.

En acabat, van col·locar una passarel·la de fusta.

I les Tres Annes van creuar d'una embarcació a l'altra.

També van passar al nostre vaixell unes quantes pirates de la seva tripulació. Sense treure'ns els ulls de sobre ni deixar anar les armes en cap moment.

Van revisar el galió pam a pam.

Volien assegurar-se que havíem dit la veritat.

Van interrogar alguns homes.

Per sort, tots havien escoltat amb atenció la conversa i per això van corroborar que la Maria del Carme era la capitana.

Sabien que s'hi jugaven la vida.

Després d'inspeccionar la coberta, va arribar el moment que temíem tots.

Totes tres van baixar a la part interior de la nau.

Van passar per davant de les cabines per donar-hi un cop d'ull.

Només hi havia uns quants ferits que descansaven a les hamaques penjades a les columnes. No en van fer gaire cas; suposo que devia ser molt normal, en qualsevol vaixell pirata.

Després van arribar a la bodega.

–Qui són aquests? –va preguntar l'Anna la morena, assenyalant els germans Flint, que hi eren empresonats.

–Jo soc l'Eliodor Flint.

–I jo l'Aureli Flint, a molta honra.

–No res –va dir la Maria del Carme, provant de treure-hi importància–. Els tenim tancats aquí baix perquè no donin la llauna.

–Quin és el vostre crim? –va preguntar l'Anna la pèl-roja, mirant-lo de dret–. Per què us tenen tancats aquí?

Per un moment, vaig pensar que potser respondrien alguna cosa que no ens interessés. Sabien de sobres que la Maria del Carme no era la capitana.

–Nosaltres no hem fet res –es va excusar l'Eliodor–. No sé qui sou, senyora, però només som dos mariners humils que fan la seva feina i no es mereixen estar tancats.

–Som els germans Flint –el va tallar l'Aureli, tocant-se la cua–, fa tres anys que formem part d'aquesta tripulació, i no responem davant d'estranys, i encara menys d'estranyes. Nomes faltava aquesta! Una dona donant ordres...

–Veus per què els tenim tancats? –va dir la Maria del Carme–. No respecten l'autoritat de les dones. Són el pitjor que hi ha.

–Potser es mereixerien un càstig més greu –va suggerir l'Anna la pèl-roja–. Passar-los per la quilla o tirar-los als tauons.

–Ens ho estem rumiant –va assegurar la Maria del Carme, com si estigués acostumada a prendre aquesta mena de decisions.

L'Anna la pèl-roja va acostar-se a ells i els va dir molt seriosa:

–Si jo estigués al capdavant d'aquest vaixell, no duraríeu ni deu minuts. Respecteu la vostra capitana, o jo mateixa us travessaré amb la meva espasa.

–Perdó, però... a quina capitana? –va preguntar l'Aureli, desconcertat.

El Cokran i jo ens vam mirar.

Per sort, la Maria del Carme va reaccionar de seguida.

–A mi! –va exclamar–. A la vostra capitana! Males bèsties! Us perdono la vida i encara no reconeixeu la meva autoritat! Ingrats!

Va agafar una escombra que hi havia recolzada a la porta.

I, sense deixar-los parlar, va començar a clavar-los cops.

–Perquè n'aprengueu! Inútils!

Els va estomacar de valent.

–Però què hem fet, ara? –va dir l'Aureli tot confós, mentre es protegia dels cops.

La Maria del Carme, però, no el va deixar ni parlar.

–Calleu d'una vegada! Prometo que si toneu a obrir la boca, manaré que us tallin la llengua –va cridar feta una fúria.

Es veu que les seves amenaces van fer efecte, perquè els Flint van emmudir de cop.

–Veus el que haig d'aguantar? –va dir la Maria del Carme a l'Anna la pèl-roja–. És que n'hi ha uns quants que no s'acostumen a que una dona prengui les decisions... Aiiiiiii, quina llàstima!

L'Aureli i l'Eliodor estaven perplexos, però no van gosar afegir-hi res més.

–Tens tot el meu reconeixement, companya –va dir la pèl-roja a la Maria del Carme, posant-li la mà a l'espatlla–. Ha de ser molt complicat de portar les regnes en una nau d'homes.

–I tant que sí –va assegurar la Maria del Carme, ficada més que mai en el seu paper–. T'ho dic de capitana a capitana: quina enveja que a la teva tripulació només hi hagi dones. Això sí que fa goig.

Totes dues van abraçar-se emocionades.

–Pots comptar amb les Tres Mil Annes sempre que ho vulguis –va murmurar la pèl-roja.

–Moltes gràcies, amiga.

De cop i volta, semblaven col·legues de tota la vida.

Per sort, la visita havia sortit bé.

–Doncs s'ha acabat tot –va dir el Cokran amb un gran somriure–. Ja heu inspeccionat el vaixell de dalt a baix. Ara podem tornar a la coberta i que cadascú tiri pel seu cantó...

–Alto! Un moment! Qui és aquell que dorm a la cabina principal?

Ens vam girar tots.

L'Anna la rossa era a la porta d'una de les cabines.

I mirava a dins.

Assenyalant un home vestit de negre estirat al llit.

El Capanegra.

Va haver-hi un silenci sepulcral.

Les Tres Annes van mirar-se entre elles.

Feien cara d'intuir de qui es tractava.

L'Anna la pèl-roja va canviar d'expressió.

Va apartar la Maria del Carme.

I va anar de dret cap a la cabina.

La situació es complicava per moments.

Vam anar darrere d'ella, sense gosar intervenir-hi.

–És el Capanegra? –va preguntar l'Anna la morena.

Com que ningú no responia, vaig dir:

–Em sembla que sí... Està així des del motí que va organitzar la Maria del Carme... Em sembla que val més que marxem... No parla ni...

–Xxxxxxxxt, calla –va esbufegar l'Anna la pèl-roja, sense mirar-me.

Tenia la mirada fixa sobre el capità.

Va avançar cap a ell com si fos una visió.

El Capanegra dormia de costat. Només se li veia la meitat de la cara.

S'hi va acostar molt a poc a poc.

Ningú no va atrevir-se a interrompre aquella escena

Si estàvem de sort, el capità continuaria inconscient... i no podria dir la veritat sobre la Maria del Carme ni el motí ni sobre res més.

En arribar al seu costat, l'Anna la pèl-roja va semblar que s'emocionava.

Fins i tot em va fer l'efecte que se li envermellien els ulls.

Aquell era l'home que l'havia abandonat a l'altar, que l'havia deixat tirada... I a qui, segons ella mateixa, no havia tornat a veure des de feia molts anys.

Li va posar una mà al front, com si volgués assegurar-se que era el Capanegra.

Després va inclinar-se cap a ell.

S'hi va acostar més.

I més.

I una mica més.

I al final...

Li va fer un petó als llavis.

Ecsssss.

Per què el petonejava?

Representa que estava molt enfadada amb ell.

No entenia res.

Després del petó, se'l va quedar mirant.

Al cap d'un moment, el capità...

Va obrir els ulls!

S'havia despertat de cop!

Va mirar la dona que tenia al davant.

Va semblar que no la coneixia.

Va incorporar-se de mica en mica.

Provant d'entendre què passava.

Ens va mirar estranyat.

–Què fa tota aquesta gent a la meva cabina? –va preguntar, tocant-se l'espatlla on l'havien disparat.

En sentir-ho, l'Anna la pèl-roja va quedar corglaçada.

Va assenyalar-lo feta una fúria.

I va exclamar:

–Tu no ets el capità Capanegra!

14

–Puc explicar-ho tot –va dir ell.

El capità va sortir del llit amb penes i treballs.

Davant la mirada de tots els presents.

Les Tres Annes s'havien tret les pistoles i l'apuntaven directament.

–No soc el capità Capanegra –va reconèixer–. Si més no, el que vas conèixer tu.

–Admets que ets un impostor? –va preguntar l'Anna la pèlroja, confosa i furibunda. Semblava a punt de disparar-li.

–No ben bé.

–No entenc res! –va bramar ella–. Tens deu segons per donar-me una explicació convincent! En cas contrari..., et fumeré un tret.

–Això dels deu segons... també ho vaig aprendre d'ell –va dir el Capanegra.

–Deu..., nou...

–D'acord –va accedir el capità–. El meu veritable nom és Cristof. Vaig ser tinent de l'armada anglesa. Fins que, ara fa deu anys, em va capturar un vaixell pirata que capitanejava el Capanegra.

Ara ho entenia!

Quan li vaig preguntar on parava el Cristof, em va dir que molt a prop... perquè en realitat era ell mateix!

–Com és que no et va matar? –va preguntar la pèl-roja–. Et queden cinc segons... quatre...

–Perquè estava tip de ser pirata i volia descansar. Em va donar el seu nom i el seu vaixell. I va retirar-se a una illa perduda on no el buscaria ningú. Si jo continuava fent servir el seu nom, ningú no sospitaria que ell havia marxat.

–Insinues que el Capanegra et va regalar el seu galiot... perquè continuessis piratejant en nom d'ell?

–Això és el que va passar. D'aquesta manera va poder retirar-se a descansar sense que ningú no ho sabés.

–Té sentit –va dir la Maria del Carme.

–I per què et va escollir a tu, precisament? –va preguntar l'Anna la pèl-roja.

–Feia temps que buscava un substitut –va explicar el Capanegra–. I ens assemblàvem físicament... Tu mateixa ens has confós, al principi. A més a més, però... hi havia una raó molt més important.

–Quina?

Tots el vam mirar amb expectació.

–Doncs que li va agradar la meva idea de l'illa dels pirates –va respondre el Capanegra.

–Què és això de l'illa dels pirates? –va preguntar l'Anna la morena–. No ho he sentit en ma vida.

–Una illa on tots els homes i dones seran iguals –vaig respondre–. Sense tirans. Sense esclaus. Una illa governada per pirates!

–I tu com ho saps, això? –va preguntar el pare de la porta estant.

–Ho sé perquè... el capità m'ho va explicar.

–El Petit Corsari té raó –va dir el Capanegra–. Un lloc així és possible. Fa deu anys que reuneixo un gran tresor perquè l'Ila dels pirates es faci realitat. Podem aconseguir-ho junts... si sou qui crec que sou.

–Som les Tres Mil Annes –va dir la rossa.

–Les pirates més temibles de l'oceà –va certificar la morena.

–Les famoses Tres Mil Annes –va murmurar el capità–. Havia sentir parlar tant de vosaltres... Unim-nos i fem realitat el somni per al qual he batallat durant deu anys: l'illa dels pirates! Us guiaré fins al tresor i el farem servir per construir un lloc on viure amb llibertat!

–Maleït sia! No sé si creure't! –va exclamar l'Anna la pèl-roja, sense deixar d'apuntar-lo.

–No és per res –va intervenir el Cokran–, però si portaves de cap disparar-li, els deu segons ja han passat fa estona.

–Ei! Però de quina part estàs, tu? –va saltar el capità.

–No sabia que hi hagués dues parts –es va defensar el contramestre.

–Té raó, el Cokran –va dir el pare–. Han passat molt més de deu segons, i com que havia dit que si no la convencia un cop s'haguessin acabat...

–Calleu tots! –va esclatar l'Anna la pèl-roja–. Trigaré el temps que em doni la gana!

Va assenyalar el Capanegra i va dir:

–A veure si ho entès bé. Resumint: el capità Capanegra et va donar el seu nom i el seu vaixell.

–Exacte.

–I fa deu anys que acumules un tresor increïble per fundar l'illa dels pirates. Un lloc poblat de persones completament lliures.

–Justa la fusta.

–I, per si no fos prou, per a més inri... resulta que aquesta dona, que anomenen Maria del Carme Capanegra, va encapçalar un motí. I ara és la capitana d'aquest galió.

–Eh? –va fer el capità, girant-se bocabadat cap a la Maria del Carme.

Ella hi va intervenir de seguida:

–Dit així pot semblar una mica embolicat. Però és ben bé el que ha passat. Ni jo mateixa no ho hauria explicat més bé.

L'Anna la pèl-roja va acostar-se al capità Capanegra.

Tots dos estaven drets, molt a prop l'un de l'altre.

–És la veritat? –va fer la pèl-roja.

Vam contenir la respiració, esperant a veure què contestava el capità.

–L'única cosa que sé, ara mateix –va dir–, és que l'anterior Capanegra havia de ser un ase rematat... per deixar escapar una dona com tu.

I, sense més ni més, va fer una cosa que no s'esperava ningú.

Va agafar l'Anna la pèl-roja...

I li va fer un petó.

A la boca.

Ella va trigar una estona a refer-se.

–No facis això sense el meu permís! –li va advertir.

–Perdó, em pensava que...

–Vine aquí, capità de posar i treure! –el va tallar la pirata.

I ara va ser ella qui el va agafar, encara més fort, i li va plantar un altre petó.

Ja començava a cansar, el tema dels petons.

No acabava d'entendre per què ho feien.

Discutien, es petonejaven... Buffff.

El petó va durar uns quants segons, fins que, en un moment determinat, ella mateixa li va clavar una empenta i va tornar a apuntar-lo amb la pistola.

–Si tornes a mentir-me, et fumeré un tret! –el va amenaçar.

–Reconeix que t'ha encantat el petó –va replicar ell.

–No m'ha agradat gens ni mica!

–Però si has començat tu, fa un moment...

–Perquè em pensava que estaves inconscient. I també perquè em creia que eres el Capanegra..., l'autèntic Capanegra.

–O sigui, que t'estimes més petonejar un paio que et va deixar tirada a l'altar... abans que a mi.

–No em facis ballar el cap! –va bramar la pèl-roja–. Tot el que passa en aquest vaixell és molt estrany! I ja en començo a estar tipa!

–Jo també! –va exclamar l'Anna la rossa.

–I jo! –va afegir la morena.

Totes tres van encanonar el capità, que va aixecar les mans en senyal de rendició.

Si havien de continuar petonejant-se, no cal dir que m'estimava més que se les haguessin a trets.

En aquell moment es va sentir una veu que venia de la coberta:

–Veles!

Tots vam mirar amunt.

Un dels guaites va cridar:

–S'albiren veles a babord! Tres vaixells venen directes cap aquí!

L'Anna la pèl-roja va esbufegar.

–De moment anirem a dalt per veure quins vaixells són –va dir–. Després decidirem si el Capanegra, el Cristof, o com et diguis, mereix continuar viu o l'hem de penjar a la vela major.

–Ben dit –la va secundar l'Anna la rossa.

–Al pròxim que canviï de nom sense el nostre permís –va advertir l'Anna la morena–, li tallarem... les dues mans. Apa, ja és dit.

Les Tres Annes van sortir de la cabina amb els altres al seu darrere.

–Vinga, Maria del Carme –li va ordenar l'Anna la pèl-roja–, ha arribat l'hora que demostris que ets de debò la capitana d'aquesta nau.

–Per descomptat –va respondre ella, fent el cor fort–. Som-hi.

Quan va creuar la porta, es va girar cap al pare i el Cokran, demanant-los ajuda amb la mirada. Si, pel motiu que fos, ens havíem d'enfrontar amb els vaixells que s'acostaven, als minuts següents hauria de prendre decisions molt importants.

Tots van sortir de la cabina.

Jo em disposava a fer el mateix.

Abans, però, vaig mirar un moment el capità Capanegra, que estava arreplegant la capa. Malgrat la seva ferida, també semblava disposat a pujar a la coberta.

–No t'hi amoïnis, Petit Corsari –em va dir–. He entès que la Maria del Carme es fa passar per la capitana per salvar-nos. Ja sé que sembla una situació molt complicada, a grans trets, però ja veuràs com tot plegat es resol. He sortit de tràngols pitjors.

–El que digui vostè, capità.

–Per més coses que passin –va continuar–, i per molt embolicat que sembli tot, el més important és...

Va fer una pausa i em va mirar fixament.

–El què? –vaig preguntar, neguitós.

Va mirar al voltant per comprovar que no hi havia roba estesa.

Va abaixar la veu i va dir:

–El més important és que tinguis ben guardada la pedra: el mapa del tresor que et vaig donar. Protegeix-lo amb la teva vida i tot anirà bé. Ja ho veuràs.

15

Les Tres Annes van mirar per les seves respectives ulleres de llarga vista.

La Maria del Carme les va imitar, tot agafant una ullera que li va donar el contramestre.

Se la va posar davant d'un ull, però no semblava que hi veiés gaire.

–És al revés –li va xiuxiuejar el Cokran.

–És clar –va respondre ella, canviant-la de posició.

A simple vista, a l'horitzó s'albiraven tres vaixells.

–Semblen de càrrega –va dir l'Anna la morena.

–No són gaire grans; tres pals i prou –va corroborar la rossa.

–Que estrany, no porten bandera –va afegir la pèl-roja–. Que n'opines, Maria del Carme?

Ella va continuar mirant pels binocles, com si valorés la situació, va remenar el cap i va dir:

–A veure..., a veure... D'una banda diria que són vaixells de càrrega..., no gaire grans..., els típics tres pals... I d'altra banda, el que em crida l'atenció és que... no porten bandera. És molt estrany, haurem d'anar amb compte.

Era evident que no tenia ni idea d'embarcacions i que només acabava de repetir el que havien dit les Annes.

–Els ataquem? –va preguntar el Cokran, provant d'aportar-hi alguna cosa.

–El més lògic, en aquesta situació, seria deixar que s'acostin –va suggerir el capità Capanegra–. Vosaltres teniu el vaixell més poderós, i nosaltres el més ràpid. Si ens coordinem, no es podran escapar. Els ataquem conjuntament i després podem repartir-nos el botí.

–Em creia que t'havien destituït i que no hi pintaves res –va dir l'Anna la pèl-roja.

–Sí, sí, en aquest vaixell l'única que dona ordres soc jo –va intervenir la Maria del Carme–. En vista de la situació, proposo que... ens coordinem i després ens repartim el botí. Què us sembla?

–Nosaltres mai no repartim el botí amb ningú –va contestar la morena.

–Disculpeu que m'hi fiqui –vaig dir–, però això és potser perquè mai havíeu trobat un altre vaixell que tingués una capitana.

–Té raó –va admetre l'Anna la rossa–. Anem a abordar aquells tres vaixells entre el galió Capanegra i les Tres Mil Annes. Però de repartir del botí, absolutament res. Si l'operació surt bé, nosaltres ens ho quedem tot.

–I nosaltres què hi guanyem? –va preguntar el Cokran.

–Que no us matarem –va respondre la pèl-roja–. Tracte fet?

La Maria del Carme va dubtar un moment. Se li va escapar una mirada de reüll al Capanegra, per veure què en pensava ell.

–Tracte fet, sí o no? –va insistir l'Anna la pèl-roja.

–Tracte fet, companya –va acceptar la Maria del Carme.

–I tant –va afegir el pare.

Les dues capitanes van fer una encaixada.

Al cap de no gaire, ens preparàvem per a la topada amb aquelles tres naus misterioses que navegaven sense bandera.

El pla era el següent:

El vaixell de les Tres Mil Annes no es mouria de la seva posició, i els esperaria fins que s'acostessin i els tinguéssim a tret.

Mentrestant, el galió Capanegra s'allunyaria a estribord per crear un angle d'atac ràpid, si calia.

Era tard per arriar les banderes pirata.

Els tres vaixells ja devien haver-les vist.

El més estrany és que, no obstant això, encara avançaven de dret cap a nosaltres.

Com que no se'n fiava del tot, l'Anna la pèl-roja i una colla de les seves pirates es van quedar a bord del nostre galió. Les altres, en canvi, van tornar al seu vaixell enorme i van posar-se a preparar els canons, no fos cas que calgués disparar.

Segons van dir, esperaven que no fos necessari.

Ens vam preparar de nou per a un altre atac.

Tothom va posar-se en dansa.

Aquella vida de pirata era un no parar.

Si mai aconseguíem de tornar al barri, tindria un munt de coses per explicar a l'escola.

Tot i que el més probable és que no em creguessin.

–M'encanten, les Tres Mil Annes.

Em vaig girar.

Al meu costat, a la vora de la barana, hi havia la Maria.

–Les Tres Mil Annes són genials –va repetir–. No trobes? En una època com aquesta, en què les dones no tenen drets ni oportunitats, elles prenen igualment les seves decisions. I no deixen que ningú els doni ordres. Si fos gran, m'hi allistaria.

–Em pensava que no volies ser pirata –vaig dir.

–Això ho he dit abans per fer empipar la mare, que es pensa que sempre em pot manar el que he de fer.

–Ja, en fi, per això és la teva mare.

–Tu què n'opines?

–Hummmm... Les Tres Mil Annes són molt valentes –vaig dir–, tot i que de poc si no ens liquiden. I, d'altra banda, la teva mare com a capitana s'hi està esforçant molt...

–No, no..., em refereixo a allò del capità Capanegra.

–Ah, sí, això... Que fort! En realitat no és el capità Capanegra de debò!

–A mi m'ha encantat la seva història. És molt emocionant. No m'estranya que l'Anna la pèl-roja li hagi fet un petó.

Buf.

La conversa començava a tirar per un lloc que no m'agradava.

–És que d'aquests temes no tinc opinió, jo...

–Ja, ja... Però si, per exemple, una noia valenta i decidida et fes un petó, tu què faries?

Quina pregunta.

La primera cosa que em va passar pel cap va ser:

Em tiraria de cap al mar.

–Digues, què faries? –va insistir.

–No crec que passi mai, això... I ara tenim altres coses en què pensar... He perdut el mapa del tresor... i ens preparem per a una batalla... A més, he de trobar la manera de tornar a casa... i...

La Maria va somriure com si no m'escoltés.

I se'm va acostar.

Em vaig quedar ben quiet, garratibat.

Sense gosar moure ni un múscul.

Es va aturar davant meu.

Molt i molt a prop.

Vaig començar a notar que la respiració se m'accelerava.

Si em feia un petó, és possible que em desmaiés.

No sabia què fer.

La Maria és molt simpàtica i molt maca i m'agraden molt els seus clotets..., però un petó... Buffffff...

Aleshores em va xiuxiuejar:

–Mira què tinc.

Va obrir la mà.

I a dins va aparèixer...

La pedra vermella!

El mapa del tresor.

–Però..., però... Com pot ser!? Si havia caigut al mar..., i jo... jo...

–No ha caigut pas al mar. Ha quedat penjada en una xarxa, a la part de fora del buc. He provat de dir-t'ho, però t'has escapat corrents. I com que després han aparegut les Tres Mil Annes ja no he pogut parlar amb tu. Fins ara.

Em va dona la pedra. Vaig agafar-la molt amb compte.

–Que bé..., és clar, per això..., o sigui, per això te m'has acostat tant –vaig murmurar.

El cor m'anava a mil per hora.

–És clar –va dir ella–. M'he acostat per tornar-te la pedra vermella sense que ens veiés ningú. Què et pensaves?

–Jo? Res.

La Maria va somriure i se li van formar els clotets.

Aquells clotets que m'agradaven tant i em feien posar tan nerviós.

–No deus haver pensat que et volia fer un petó, oi?

–Noooooooooooooooooo..., no, no, i ara..., de cap manera...

–Ha, ha, ha, ha, ha, ha, ha! Quina gràcia! Et pensaves que et faria un petó aquí al mig... Aquesta sí que és bona!

–Que no, de debò... Que no ho havia pensat...

–Vinga, ruc, com vols que et faci un petó?

La Maria no parava de riure.

No crec que fos tan divertida, aquella situació. D'acord, m'havia equivocat. Ho reconec. Però em sembla que no n'hi havia per tant.

–Doncs no entenc per què no m'has de fer un petó –vaig dir–. Tampoc no és tan estrany.

–Que tu i jo ens fem un petó? Ha, ha, ha, ha, ha, ha, ha! Au, Tià, si us plau...

I vinga riure.

–Ja n'hi ha prou! –vaig exclamar.

M'hi vaig acostar impulsivament.

I...

I li vaig plantar un petó als llavis!

Ho repetiré, per si de cas algú no m'ha entès.

Em vaig acostar a la meva veïna Maria.

I, d'esma...

Li vaig fer un petó als llavis!

No sé per què ho vaig fer.

Però va ser el que va passar.

Després em vaig separar d'ella i li vaig dir:

–Vull que sàpigues que a mi això dels petons no m'interessa gens ni mica.

Ella em va mirar molt sorpresa.

–Et trobes bé, Tià?

–Estic fenomenal. I no soc el Tià, soc el Petit Corsari.

Vaig girar en rodó.

I vaig tocar el dos.

16

Aquells tres vaixells no duien bandera per una raó molt senzilla:

Perquè no pertanyien a cap país.

I tampoc no eren pirates.

Ben aviat descobriríem qui eren de debò.

L'Anna la pèl-roja va ordenar una maniobra d'aproximació.

En veure que no obrien les troneres, i que no semblaven tenir cap intenció d'atacar, el galió va acostar-se a la nau que anava al capdavant.

Mentrestant, el vaixell de les Tres Mil Annes restava a l'aguait, amb els canons preparats per si de cas.

Em vaig col·locar al darrere d'un bot salvavides.

Estava molt nerviós, després del que m'havia passat amb la Maria. No sé per què ho havia fet. Però no volia donar-hi més voltes.

L'Emperador va posar-se al meu costat.

Li vaig posar la mà a la crinera llarga i em vaig calmar una mica.

Des de la meva posició, veia perfectament el vaixell que teníem davant.

Cada vegada més a prop.

Algú va sortir a la coberta.

Eren dues figures.

De mica en mica, vaig anar-les distingint.

Un home i una dona.

Concretament, un home i una dona negres.

Anaven vestits amb túniques marrons.

I ens miraven amb cara de preocupació.

–Atenció, vaixell sense bandera: atureu-vos immediatament –va avisar l'Anna la pèl-roja del galió estant–. Som les Tres Mil Annes, les pirates més temibles de l'oceà! Rendiu-vos i no us passarà res!

–També som el famós galió Capanegra! –va dir la Maria del Carme, que no volia ser menys–. Ja ho heu sentit! Rendiu-vos immediatament!

L'home i la dona van aixecar les mans.

I aleshores vaig veure que tots dos duien grillons als canells, units amb unes cadenes trencades.

–Som esclaus fugats del port de Saint James –va exclamar l'home–. Als nostres vaixells no tenim mercaderies ni riqueses ni armes! No tenim res, només la nostra pròpia vida!

Allò sí que no m'ho esperava: eren esclaus!

Pel que sembla, hi havia esclaus a totes les èpoques a què viatjàvem.

–On us dirigiu? –va preguntar l'Anna la pèl-roja.

–A qualsevol lloc on puguem començar de zero –va respondre l'home–. Potser a una illeta abandonada, o potser al continent, per internar-nos a la selva... No ho sabem pas.

–I com pensàveu travessar aquests mars sense armes? –va preguntar la pèl-roja–. No teniu cap oportunitat de sobreviure!

La dona va fer un pas endavant.

–Ens estimem més morir que tornar a ser esclaus de ningú –va dir.

Darrere d'ells, a la coberta, van aparèixer molts més homes i dones.

I també criatures.

Aquell vaixell era ple d'esclaus negres que fugien.

–Us supliquem que ens deixeu passar –va demanar la dona–. Estem indefensos. No podem oferir-vos res a canvi, només el nostre agraïment. Si us plau, deixeu-nos continuar el nostre camí cap a la llibertat.

Quina situació més estranya.

L'Anna la pèl-roja semblava decebuda.

–Un moment! –va exclamar–. No us mogueu de la vostra posició. Hem de parlamentar entre nosaltres!

L'home i la dona van afirmar amb el cap, disposats a acceptar el que convingués.

La pirata pèl-roja va donar la volta. Va mirar la Maria del Carme, el Capanegra i la resta dels presents.

–No m'agrada –va dir.

–El què? –va preguntar la Maria del Carme.

–Tot plegat –va assegurar, enfadada–. Si han fugit de Saint James tres vaixells carregats d'esclaus..., ara mateix els deu empaitar l'armada anglesa sencera. No voldran pas permetre

que s'escapin així com així. En qualsevol moment apareixeran per l'horitzó naus de guerra angleses, n'estic segura.

–Raó de més per deixar-los continuar el seu camí i allunyar-nos-en –va raonar el Capanegra.

–Però és un botí molt gran! –va protestar el Cokran–. Ens pagarien un dineral per tots aquests esclaus!

–No són un botí –va intervenir la Maria del Carme, molt seriosa–. Són persones, igual que nosaltres. Hem d'ajudar-los.

Tots la van mirar com si s'hagués trastocat.

–Què passa? –va fer ella.

–Doncs que no són iguals que nosaltres, capitana –va dir el Cokran–, són esclaus. Al lloc d'on veniu potser és diferent, però, aquí, aquests esclaus són com qualsevol altra mercaderia. Jo voto que els capturem i els venguem!

Era evident que les coses no eren igual que a la nostra època. Érem a l'any 1715. En un lloc molt diferent. Amb lleis diferents. I costums que no podíem entendre. Tot i així, però, que d'una colla de persones en diguessin «mercaderia» em va semblar molt lleig.

La Maria del Carme va encarar-se al contramestre.

–Potser hi ha coses que et costen d'entendre –li va dir, molt seriosa–. En primer lloc, jo soc la capitana i tu obeeixes les meves ordres. Entesos?

–Sí, però...

–En segon lloc, aquests homes, dones i criatures són persones, no pas mercaderia ni cap botí –el va tallar–. I no comerciarem pas amb ells! De cap manera! Són éssers humans! A veure si t'entra al cap!

I li va donar uns quants cops a la closca amb els nusos dels dits.

–És el costum –es va disculpar ell.

–Doncs quin mal costum! –va sentenciar la Maria del Carme, que de sobte semblava més segura que mai del que deia–. Ha arribat l'hora de canviar les coses. Ha arribat l'hora que les dones tinguem el comandament, i que s'acabi l'esclavitud. Tots iguals! Homes i dones! Blancs i negres! Pirates i esclaus! Ho has entès?

El Cokran va fer que sí amb el cap, espantat.

–I els altres!!? –va preguntar la Maria del Carme molt alterada, mirant al seu voltant–. Ho heu entès? Sí o no?

Els homes del galió es van espantar en veure-la així. Ningú no es va moure.

–Contesteu, quan us pregunti! –va insistir ella–. Ho heu entès!? Us ha quedat clar!!?

La tripulació va respondre:

–Sí, sí.

–El que digui vostè, capitana.

–Aquí tots iguals.

L'Anna la pèl-roja observava bocabadada la Maria del Carme.

–Companya, tens tota la meva admiració –va dir–. Em creia que eres un titella a les mans d'aquesta colla de pirates, però veig que m'equivocava. Ets una dona lliure i autèntica i tens tota la raó! Encara que em costi la vida, estic d'acord amb tu: canviarem els costums i les lleis d'aquest lloc! S'ha acabat el domini dels homes sobre les dones. I s'ha acabat l'esclavitud. Des d'avui mateix. Tots iguals! Visca la Maria del Carme Capanegra!

I ara sí que van bramar tots a una sola veu:

–Viscaaaaaaa!

–Ets la nostra líder, Maria del Carme –va assegurar l'Anna la pèl-roja–. Les teves paraules ens infonen valor i ens guiaran fins a la fi del món.

–A veure, no n'hi ha per tant –va respondre ella, provant de treure-hi importància–. És que a Badia del Vallès ens agrada parlar sense embuts.

–Algun dia m'agradaria visitar aquest lloc –va dir l'Anna.

–És clar, algun dia...

Enmig dels crits d'entusiasme, el capità Capanegra va demanar la paraula.

–Tot això és molt bonic –va dir–, però us recordo la situació: l'armada anglesa sencera pot estar a punt d'aparèixer en qualsevol moment.

–Si és així –va dir la pèl-roja–, ens hem d'afanyar!

Va tornar a girar-se cap al vaixell, on una munió d'homes, dones i canalla esperaven la seva resposta.

Semblaven expectants.

I una mica desconcertats pels crits que feien els pirates, com si no acabessin d'entendre la situació.

–No us deixarem passar! –va anunciar.

–Ah, no? –va fer l'esclava negra, decebuda–. Què fareu, doncs?

–Us acompanyarem en el vostre viatge! –va respondre–. D'ençà d'aquest moment, el destí de les Tres Mil Annes, del galió Capanegra i dels vostres tres vaixells esclaus... està unit. Navegarem junts fins a assolir la llibertat!

Van quedar tan sorpresos que no s'ho acabaven de creure.

Potser era la primera vegada en sa vida que algú no provava d'aprofitar-se'n.

–Teniu la meva paraula de pirata! –va exclamar l'Anna la pèl-roja–. Anirem plegats i us escortarem fins allà on calgui!

Un murmuri de sorpresa va recórrer l'embarcació dels esclaus.

L'home i la dona negres van intercanviar mirades.

–I per què voleu fer una cosa tan generosa per una colla d'esclaus fugitius? –va preguntar ella, amb una barreja de gratitud i desconfiança.

La Maria del Carme va fer un pas endavant.

I va respondre:

–Per una raó molt senzilla. Perquè nosaltres també estem al marge de la llei, i ja estem fartes que ens diguin el que hem de fer. Us en dono la meva paraula. Amb la vostra ajuda podrem fundar... l'illa dels pirates, les dones i els esclaus!

17

Els cinc vaixells avançaven en formació perfecta.

Al capdavant, el galió Capanegra.

Tot seguit, els tres vaixells d'esclaus.

I, tancant el grup, la gran nau de les Tres Mil Annes.

Possiblement, era la flota més estranya que s'havia vist mai en aquells mars.

Esclaus i pirates navegant plegats.

I, per si no fos prou, amb dones al comandament.

No sabia com s'acabaria, tot plegat.

Però, sens dubte, era molt emocionant.

Potser, sense adonar-nos-en, estàvem fent historia.

Avançàvem a bon ritme solcant el mar, amb el vent de cua.

Això del vent de cua m'ho havia ensenyat el cuiner, que havia estat en moltíssims vaixells i sabia un munt de coses. I no tan sols de cuina.

Pel que sembla, quan en un vaixell el vent bufa a favor de la direcció en què avances, se'n diu vent de cua. És la millor manera de navegar, ja que vas molt més ràpid.

–Recolliu les eixàrcies, ganduls! –va cridar el contramestre a la tripulació, movent-se amunt i avall per donar ordres a tothom–. Vinga, inútils, moveu-vos d'una vegada!

–Perdoni, senyor Cokran –va dir la Maria del Carme, acostant-s'hi–. No sé què són les eixàrcies, però potser no cal cridar tota l'estona.

–Què diu... capitana? –va fer ell, desconcertat.

–Doncs això: que em sembla que si anem a fundar una illa on tots serem iguals, podríem començar amb l'exemple –va insistir ella–. Em sembla molt desagradable que no pari de fúmer crits als homes... Em sembla que s'hi esforcen molt i que treballen molt bé. No té cap motiu per tractar-los així.

El contramestre va esbufegar, empipat.

–A veure, pot ser que vostè sigui la capitana mentre no es demostri el contrari –va dir–. Però fins que no arribem a l'illa aquesta dels «pirates, els esclaus i les dones», suposant que hi arribem mai, jo soc el contramestre d'aquest vaixell. I continuaré fent les coses com he fet sempre, com en tots els vaixells en què he navegat a la meva vida. Em sap molt greu, però el seu suggeriment a propòsit dels crits no ve a tomb en un vaixell pirata. I ara, si em disculpa, tinc molta feina.

Va girar en rodó i va continuar cridant:

–Vinga, rucs, estireu les veles, que hem d'aprofitar el vent!

La Maria del Carme no va callar.

Se li va acostar-se i va donar-li uns quants copets a l'espatlla.

–Què vol, ara... capitana? –va preguntar ell.

–En primer lloc, no em doni l'esquena sense el meu permís. Si torna a fer-ho, em veuré obligada a prendre mesures.

–Però què s'empatoll...

–No he acabat, senyor Cokran! –va continuar ella–. No li he fet cap «suggeriment», a propòsit dels crits: li he donat una ordre. S'han acabat els crits i les males maneres. Si torna a cridar o a insultar un sol tripulant d'aquest galió... el ficaré en aquella gàbia. I nomenaré un altre contramestre. Ja és dit.

–No crec que s'hi atreveixi.

–Posi'm a prova.

El Cokran va mirar-la fixament, sense saber què fer.

Va adonar-se que diversos tripulants observaven l'escena amb atenció.

–Pensi's bé el que farà –li va advertir la Maria del Carme–. Si canvia les seves maneres, navegarem en pau, serem amics, vostè continuarà fent de contramestre i, si estem de sort, podrem fundar plegats un lloc per al qual valgui la pena de lluitar. Si, al contrari, em desafia i no obeeix les meves ordres..., ens haurem d'enfrontar, i li ben asseguro que se'n penedirà.

El contramestre es va mossegar la llengua.

Potser va veure a la mirada dels seus companys que, si plantava cara a la capitana, li farien costat a ella.

Potser li van venir al cap el lleó, les Tres Mil Annes i tots els que estaven a favor de la Maria del Carme.

Potser el cuiner vell, que era al seu costat i semblava el més espavilat del galió, li va fer un gest amb el cap.

O potser, simplement, va adonar-se pel seu compte que ella tenia raó.

El cas és que va acotar el cap i va dir:

–Canviaré les meves maneres.

–Moltes gràcies.

Per un moment, vaig pensar que s'armaria un altre motí o una cosa semblant. Pel que sembla, en un galió pirata els ànims estan sempre a flor de pell.

Durant les hores següents, vam continuar navegant amb el vent a favor.

Solcant les aigües del Carib.

Quan ja fosquejava, el cuiner va preparar un sopar a la coberta per celebrar la nova aliança.

Hi van acudir representants dels cinc vaixells.

Entre d'altres, van pujar a bord l'home i la dona negres, que, segons sembla, eren matrimoni: el Joseph i la Bartolomea.

Van explicar que des de sempre havien viscut tranquil·lament en un llogarret, amb la seva família, fins que un dia, de cop i volta, una expedició de caçadors els va fer captius.

Els van encadenar i els van vendre als anglesos.

La Bartolomea ho recordava amb molta tristesa.

Per damunt de tot, volia que els seus fills nasquessin lliures.

Estaven disposats a arriscar-s'hi.

Per això havien fugit.

Vam escoltar amb atenció la seva història: com els havien venut a diversos amos. I com els obligaven a treballar catorze o quinze hores al dia. Fins que al port de Saint James van aflegir-se a un carregament d'esclaus acabats d'arribar.

Aprofitant que els soldats havien sortit a fer una expedició, el Joseph, la Bartolomea i la resta es van enfrontar amb els que els havien capturat.

I van aconseguir escapar-se.

–Molts van deixar la vida en l'intent –va explicar el Joseph.

–Però gairebé tres-cents vam aconseguir escapar als vaixells –va sentenciar la Bartolomea–. No desitjo pas a ningú el mateix que hem passat nosaltres.

Les Tres Annes, el Capanegra, el Cokran, el cuiner i tots els altres els vam escoltar emocionats.

El contramestre, que semblava un paio molt dur, va deixar anar una llagrimeta i tot.

–És que se m'ha ficat no sé què a l'ull –es va disculpar, fregant-se'l amb la mà perquè no es notés gaire que plorava.

Va ser una nit molt llarga, en què una colla d'estranys van compartir les aventures que havien corregut fins aleshores.

Em vaig adonar d'un fet molt important:

D'una manera o altra, en aquell galió gairebé tots érem forasters.

I fugíem d'algun indret llunyà.

A la recerca d'una llar.

Ho teníem tots en comú, això.

Després de de sopar, em vaig estirar al costat del timó.

Estava esgotat.

Vaig tornar a comprovar el telèfon mòbil, l'única cosa que em quedava de la meva vida a Badia del Vallès. Encara no hi tenia cobertura. Conservava l'esperança que, en algun moment, ens servís d'ajuda.

Ara per ara no podia fer-hi res més.

El vaig desar i vaig provar de descansar.

Notava el vent a la cara. També l'aigua de mar, que picava al buc i queia a la coberta.

Era una sensació molt agradable.

Em vaig adormir allà mateix.

Vaig somiar l'escola.

Era al pati amb els meus amics, jugant a pirates.

Els mirava i deia:

–Soc el temible Petit Corsari. He navegat al galió pirata més famós de tots els temps. He lluitat al costat del capità Capanegra i de les Tres Mil Annes. He sobreviscut a les canonades d'enemics despietats. He participat en diversos motins. I he vist com la meva veïna Maria del Carme es convertia en una gran capitana respectada pels pirates més ferotges.

Ells se'n reien.

Però jo sabia que era veritat.

18

–Tiàaaaaaa –va xiuxiuejar algú.

Vaig obrir els ulls.

El pare era una mica enllà, fent-me signes.

Tot plegat tenia un aspecte irreal.

Ja era de dia: a l'horitzó apareixien els primers rajos de sol.

Però una boira espessa embolcallava el paisatge.

I damunt nostre hi havia un munt de núvols negres.

Els homes treballaven a bord movent les veles amb les cordes que subjectaven els pals. Suposo que eren les maniobres de sempre. Semblaven molt ben coordinats.

El pare va insistir que m'hi acostés.

–Pots venir un momentet, si us plau? –em va dir.

–I tant, ja vinc.

Em vaig aixecar i vaig passar per davant del Cokran i dels altres. El contramestre semblava molt amoïnat.

–Ha canviat el vent, Petit Corsari –va dir, ensenyant la dent d'or–. S'apropa un temporal.

Vaig mirar al cel.

A través de la boira, s'intuïa que els núvols ho anaven cobrint tot.

–En aquest lloc, les tempestes tropicals arriben de cop –va remugar–. Aquesta no sembla gaire important, però tot i així no fa bona pinta.

No obstant això, el Cokran ja no escridassava la tripulació.

Al contrari: ara tractava a tothom amb educació i respecte.

–Si no és molta molèstia, canvieu aquestes veles de posició –va dir a mitja dotzena d'homes que s'amuntegaven sota el pal de proa.

Se'm feia estrany de sentir-lo parlar així. Tot i que, per descomptat, era molt més agradable.

Vaig anar fins a l'extrem davanter del galió.

El mar era ben cobert de boira.

Al costat de la gàbia de fusta, que ara era buida, hi havia el pare. I al seu costat, el Santi, la Susanna, la Maria i la Maria del Carme.

–Reunió urgent –va dir el pare.

–Què passa? –vaig preguntar, espantat.

–Com que què passa!? –va exclamar ell–. Doncs passa que estem envoltats de boira. Passa que s'apropa un temporal. I, per damunt de tot, passa que som a milers de kilòmetres de casa. A més de tres-cents anys. Sembla que us n'hàgiu oblidat.

–Jo no me n'he oblidat pas –va dir mon germà, amb la cara de fastiguejat que feia sempre.

–No som d'aquesta època! –va insistir el pare–. Hem de sortir d'aquí i tornar cap a casa. Això és l'únic que importa.

–Quina pena –va dir la Maria–, ara que les coses començaven a posar-se emocionants...

–La nena té raó –va dir la Maria del Carme–. Això que fem és històric. Pirates, dones i esclaus units, desafiant les lleis per primera vegada.

–Vet aquí el problema! –va esclatar el pare–. No hem de fer pas res històric. No hem de desafiar les lleis. L'única cosa que hem de fer és aprofitar aquest temporal i tornar-nos-en a casa.

–I què proposes? –va demanar la Susanna.

–Molt senzill –va explicar el pare–. Agafem provisions, per si de cas, pugem a un bot i ens escapem. Si estem de sort, trobarem un llamp que ens farà travessar un altre forat negre. I si no, continuarem remant fins que localitzem una altra tempesta. Hem de fugir! Ara mateix!

–Fugir? –vaig fer.

–Sí! –va respondre ell–. Que no ho veieu? Aquesta gent es dirigeix a una batalla irremeiable contra l'armada anglesa. No hem d'interferir en la història. Hem de desaparèixer discretament aprofitant aquesta boira...

–He donat la meva paraula als esclaus que els ajudaríem –va protestar la Maria del Carme.

–No, no, no... –va dir el pare–. Qui els ha donat la seva paraula és la capitana Maria del Carme Capanegra. I aquesta no ets tu.

–No n'estic segura, Sebastià –va respondre ella–. És possible que tot això dels viatges a través del temps sigui un senyal perquè els ajudem. No pot ser una casualitat, tot plegat. L'esclavitud és dolenta. I que les dones no tinguin drets ni oportunitats també està malament. Potser podrem contribuir a canviar les coses.

El pare es posava més nerviós cada vegada.

–Vols dir que algú, el destí o qui sigui..., ha escollit dos adults i quatre nens de Badia del Vallès perquè arreglin la història? Insinues això?

–Potser sí –va respondre la Maria del Carme–. Ves per on.

–Perdó –va dir el Santi–, però jo no soc cap nen. En tot cas, som tres adults i tres nens.

–Això és molt greu, Maria del Carme –va continuar el pare–. El fet de ser capitana t'ha pujat al cap.

–Saps què penso? –va dir ella–. Que potser et fa ràbia que m'hagin triat a mi de capitana i a tu no!

–De debò et penses que voldria ser capità d'un galió pirata?

–Reconeix que t'encantaria.

–Ha! No em fa cap falta, una cosa així. Et recordo que soc policia municipal a Badia, des de fa vint anys. Se me'n fumen, els pirates...

El pare va encreuar els braços, indignat.

–Pot ser que no sàpiga res d'eixàrcies i binocles –va dir la Maria del Carme–, però d'éssers humans hi entenc una mica. I et ben dic que aquesta gent té necessitat de nosaltres.

–S'ha acabat –va tallar el pare–. Ara robarem un bot salvavides i anirem en direcció a la tempesta.

–Perquè ho diguis tu –li va contestar ella.

–No, perquè és el més assenyat.

–Votem –el va desafiar la Maria del Carme–. Qui vol fugir en un bot?

El pare va aixecar la mà de seguida.

Mon germà també.

Jo no sabia què fer, francament.

No cal dir que la Maria del Carme i la Maria no aixecarien la mà.

Només quedàvem ma germana i jo.

Entenia les dues postures.

Allò que havia dit la Maria del Carme, que potser els nostres viatges a través del temps no eren cap casualitat, m'havia fet pensar.

–Tià, Susanna, aixequeu la mà ara mateix –va dir el pare, molt seriós.

Ma germana va arronsar les espatlles i va aixecar la mà.

–Ja n'he tingut prou, de pirates –va murmurar.

Em sembla que ho va fer per dur la contrària a la Maria. No podia suportar estar-hi d'acord.

La Maria va girar-se cap a mi.

Em sembla que tots dos pensàvem el mateix:

El petó del dia abans.

M'ho havia de treure del cap.

Hi havia coses molt més importants. A més, encara tenia la pedra vermella a la butxaca.

–Vinga, Tià –va insistir el pare–, aixeca la mà i enllestim-ho d'una vegada.

No m'agradava que el resultat només depengués de mi.

Volia ajudar els esclaus, jo.

I les Tres Mil Annes em queien força bé.

D'altra banda, però..., el que deia el pare era la veritat.

Havíem de provar de tornar cap casa.

I buscar la tempesta.

I pot ser que no fos bona idea interferir en el passat.

Buffff.

Vaig mirar cap a un cantó.

I cap a l'altre.

En aquell mateix moment...

Es va sentir un tret!

Ens vam girar tots.

I llavors van aparèixer l'Anna la pèl-roja amb una pistola fumejant a la mà.

Al seu davant hi havia el Capanegra.

Amb cara d'espant.

–M'has disparat! –va exclamar.

–T'he disparat al barret, que no és el mateix –va replicar ella.

El Capanegra es va treure el barret.

–Em podries haver fumut un tret al cap! –va dir, assenyalant el forat que havia fet la bala.

–Si ho hagués volgut, ho hauria fet –va respondre la pèl-roja, molt segura d'ella mateixa–. Soc més bona tiradora que cap home o dona que hagis conegut en ta vida.

–Això és si m'exceptues a mi –va replicar el Capanegra–. Tinc més bona punteria amb els ulls tancats que tu. Per més boira que hi hagi.

–Això caldria veure-ho.

–Quan vulguis!

Es veu que la pau i l'harmonia havia durat ben poc.

La tripulació va arremolinar-se al seu voltant.

–Sens dubte, aquest vaixell i l'oceà són massa petits per a tot dos –va sentenciar l'Anna la pèl-roja, molt seriosa–. Cristof, Capanegra o com et diguis, ets un farsant i un cregut. Et desafio al pont.

–Oooooooooooooooooooooooooh! –van exclamar uns quants en sentir aquelles paraules.

No sé pas què devia ser «el pont».

Però de segur que res de bo.

KA
BUM
19
UNS PIRATES ACABEN DE POSAR UNA FUSTA LLARGUÍSSIMA QUE UNEIX ELS TRES PALS MÉS ALTS DEL GALIÓ.
EN UNA PUNTA HI HA EL CAPANEGRA.
A L'ALTRA, L'ANNA LA PÈL-ROJA.
SÓN A LA PART MÉS ALTA DEL GALIÓ, AGUANTANT L'EQUILIBRI AL DAMUNT LA FUSTA. DES DE SOTA, NOMÉS ES VEUEN DUES FIGURES.
VA!

TOTS DOS TREUEN LES PISTOLES...
S'APUNTEN...
I DISPAREN!
PAM!
PAM!
NINGÚ NO L'ENCERTA.
ENCARA ESTAN DRETS TOTS DOS.
I ARA?
PODEN AVANÇAR, CARREGAR LA PISTOLA I TORNAR A DISPARAR.
I QUAN S'ACABA?
EL PONT S'ACABA QUAN UN DELS DOS...
... MOR.

ÉS UN DUEL A MORT DALT DELS PALS MAJORS!
PAM!
FIUUUUU!
PAM!
ÉS EVIDENT QUE ALS PIRATES NOMÉS HI HA UNA COSA QUE ELS AGRADA MÉS QUE LA LLIBERTAT I L'OR...
FIUUUUUUUUU!
BARALLAR-SE!
L'ANNA LA PÈL-ROJA FA TRES PASSOS I... ES CANVIA LA PISTOLA DE MÀ!

NO T'HO HAVIA DIT, SOC ESQUERRANA!
AQUEST COP ET TINC, CAPANEGRA.
DISPOSA'T A MORIR.
L'ANNA LA PÈL-ROJA L'APUNTA AMB POLS FERM.
I DISPARA!
PAM!
EL CAPANEGRA TANCA ELS ULLS I ES PREPARA PER REBRE EL TRET.
I LLAVORS...
UN LLAMPEC TOCA DE PLE EL CAPITÀ!!!

20

El sol tornava a brillar.

No quedava ni rastre de la boira.

I la tempesta s'havia esfumat.

El Capanegra va obrir els ulls, a poc a poc.

–On soc? –va preguntar.

–A la coberta del galió –va dir el Cokran.

El capità era estès a terra.

Amb el cap recolzat en un sac.

–Què m'ha passat? –va preguntar, mirant al seu voltant.

Alguns tripulants l'observaven atònits.

–Li ha caigut un llamp –vaig respondre.

–I la bala!? –va preguntar, incorporant-se.

–No faci moviments bruscos –va demanar el contramestre, agafant-lo–. Encara està molt dèbil.

–Ja, ja, però recordo la bala –va insistir–. Venia de dret cap a mi...

–El llamp li ha salvat la vida. –vaig dir jo.

–Ha estat al·lucinant! –va exclamar mon germà, repenjat a la barana–. Ha caigut al mar... Quina patacada!

–L'Anna la pèl-roja s'ha tirat a l'aigua del pal estant –va dir el Cokran–, i l'ha tret del mar.

–M'ha salvat ella?

Vam moure el cap per dir que sí.

La mateixa que li havia disparat... l'havia salvat.

El Capanegra es va palpar el cos.

Tenia el vestit i la capa ben socarrimats.

Però era viu.

–El més important és que ara està bé, capità –va indicar el contramestre–. En fi..., més o menys.

–Darrerament em passen coses molt estranyes –va murmurar el Capanegra–. Em disparen. Em cauen llamps. Caic al mar una i altra vegada... Mai no m'havia passat res de semblant.

–T'has salvat pels pèls! –va exclamar algú del pont de comandament estant.

Tots ens hi vam girar.

Era la Maria del Carme.

Amb l'Emperador al costat.

–Si no arriba a ser pel llamp –va dir–, la bala de l'Anna la pèl-roja t'hauria tocat de ple.

–Encara sort que la llum viatja a molta més velocitat que una bala –va afegir ma germana.

–Maca, tu no et fiquis en aquestes coses de pirates i de bales –va dir el pare.

–És una setciències, no pot evitar de ficar-se en tot –va assegurar la Maria.

–Mira qui ha parlat –va replicar la Susanna.

–Doncs mira que tu...

–I tu encara més...

–Noies, ja n'hi ha prou –va tallar el pare–. Si us plau, guaiteu quina mala pinta que té el capità. Fa llàstima, pobre home, i vosaltres aquí discutint per bestieses...

El Capanegra va posar-se dret amb penes i treballs.

–On para? –va preguntar.

–La bala?

–L'Anna la pèl-roja! –va dir ell, buscant-la amb la mirada–. No la veig enlloc. On s'ha ficat?

–Fa hores que ha tornat al seu vaixell –va contestar la Maria del Carme.

El capità semblava desconcertat.

–Quant de temps he estat inconscient?

–Exactament... vuit hores i mitja –va respondre ma germana–. La tripulació feia apostes per veure si sobreviuries o no...

–Susanna! –la va renyar el pare.

–Què passa? Si és la veritat...

–Està bé –va acceptar el Capanegra–. I què ha passat durant aquest temps?

–Unes quantes coses –va dir la Maria del Carme–. La nau de les Tres Mil Annes se n'ha anat amb el vaixell dels esclaus. Ja deuen ser bastant lluny. Naveguen per mar oberta, solcant aigües profundes. Encara que s'hi entretinguin, és una ruta més segura. Nosaltres ens hem avançat, navegant arran de la costa. A més, com que aquest galió és molt més ràpid, si fem les coses bé podem arribar de seguida a l'illa i preparar el terreny mentre arriben els altres. Hem fixat un punt de trobada amb ells, d'aquí a tres dies. Ara que hi penso, ens has de donar les coordenades exactes del tresor, que encara no les sabem...

El Capanegra va provar de pair tota aquella informació.

–Però... navegar arran de la costa és molt perillós... I no hauríem d'haver-nos separat i... –va dir, esforçant-se per entendre-ho–. Qui ha pres aquestes decisions?

–Qui vols que sigui? La capitana del vaixell –va respondre la Maria del Carme–. Jo mateixa!

–Em sembla que aquí hi ha una confusió –va replicar el Capanegra–. Que fossis la capitana era una situació provisional.

–Jo també m'ho pensava –va senyalar el contramestre–, però es veu que no. És molt convincent. I te el lleó de la seva part.

–Em sap greu –va continuar el capità–, però ara que les Tres Mil Annes no hi són, seria més lògic que tornés a ocupar-me del comandament...

–Quina dèria de manar que teniu els homes! –va exclamar ella–. Us costa moltíssim d'acceptar que una dona doni les ordres. Tant és aquí, com a l'edat mitjana o a Badia del Vallès. No hi teniu remei.

–Aquest vaixell és meu! –va bramar el Capanegra–. Porta el meu nom! Jo en soc l'únic capità legítim!

Hi va haver silenci.

La Maria del Carme va passar la mà pel llom de l'Emperador, que va ensenyar els ullals desafiadorament,

–Ja ho vaig advertir al Cokran –va fer–, i a tu també t'ho dic: si no pares de cridar i canvies aquestes maneres, et ficaré a la gàbia.

–Soc el capità Capanegra! Ningú no em diu el que he de fer al meu propi galió! Ningú no em pot dominar! Ni un llamp! Ni una bala! I encara menys... una... una... dona!

–A la gàbia! –va ordenar la Maria del Carme.

Immediatament, uns quants homes van acostar-se al capità...

I el van agafar pels braços!

–Eh? Però què feu? Deixeu-me anar ara mateix! Que us heu trastocat? Soc el vostre capità!

–Ja no, estimat –va dir la Maria del Carme–. Tots aquests homes saben que amb mi tenen més possibilitats de sobreviure. D'aquí a pocs dies ens retrobarem amb les Tres Mil Annes i els esclaus... I tots ells tenen un pacte amb la capitana Maria del Carme Capanegra.

–No pot ser veritat! –va clamar el capità.

–Es veu que sí –va murmurar el Cokran.

–I tant –va corroborar el pare.

El capità es va debatre, però entre uns quants homes... el van ficar a la gàbia de fusta!

–Deixeu-me anar, he dit! –va protestar–. Talossos! Estúpids! Ignorants! Us penjaré de la vela major!

–Com més crits, més temps a la gàbia –va sentenciar la Maria del Carme.

Per si de cas hi havia algun dubte, l'Emperador va fer un grunyit fortíssim que va ressonar pel vaixell.

GRRRRRRRRRRRRRRRRRRRRRRR

Van tancar la gàbia i van deixar-hi el Capanegra.

M'agradava veure la Maria del Carme al capdavant d'un galió pirata.

I em feia il·lusió l'aliança de pirates, esclaus i dones.

He de reconèixer, però, que jo mateix estava una mica confós per tot el que passava.

Per primera vegada, des que vam començar els viatges a través del temps, havíem deixat escapar una tempesta.

Qui devia tenir raó?

La Maria del Carme.

O el pare.

Ella opinava que, si havíem viatjat pel temps fins aquell lloc, a través d'un forat negre, no era cap casualitat. I havíem de fer els possibles per ajudar aquella gent.

El pare, però, estava convençut que havíem de tornar a casa com més aviat millor per no interferir en la història.

No era fàcil de saber qui estava en possessió de la veritat.

De part de qui m'havia de posar?

Era molt difícil de prendre una decisió!

No sé pas què hauria fet un altre.

Però sí que sé el que vaig fer jo:

Jugar-m'ho a cara o creu.

21

La moneda va sortir volant.

Davant dels meus ulls.

Va girar.

Va girar.

I va girar...

Fins que va caure a terra.

Si sortia cara, votaria a favor del pare. Li donaria suport perquè provéssim de fugir en un bot com més aviat millor i busquéssim la manera de tornar cap a casa.

Si sortia creu, votaria a favor de la Maria del Carme. Perquè continués sent la capitana i poguéssim ajudar a fundar la primera illa dels pirates, els esclaus i les dones de tots els temps.

Em vaig acotar per mirar la moneda.

Amb expectació.

Era...

O sigui...

Havia sortit...

Una cosa semblant a una creu!

Un moment.

Vaig agafar la moneda i la vaig tombar.

A l'altra banda... també hi havia una mena de creu!

Com podia ser?

Hi havia una creu a cada costat?

Era una moneda de plata petita que m'havia deixat el Cokran.

Havia de preguntar-li si totes les monedes d'aquella època eren així. O només aquella.

Vaig creuar la coberta cap al pont de comandament.

Hi vaig trobar el contramestre, al costat del cuiner i la Maria del Carme.

Tots tres observaven un pergamí enorme que havien desplegat sobre un barril, davant mateix del timó.

M'hi vaig acostar a poc a poc.

Era un mapa.

–Els mapes mai no han estat el meu fort –va admetre la Maria del Carme–. Jo soc més aviat d'engegar el GPS i deixar-me dur...

El Cokran i el cuiner la van mirar sense entendre res.

–El GPS és... com una brúixola –va provar d'explicar-los, en adonar-se que l'havia espifiada–. A Badia del Vallés en diem així.

–El que digui vostè, capitana –va murmurar el cambrer, seguint-li la veta. Després va assenyalar el mapa–. El més important, ara, és que estem ben perduts.

–Xxxxxxxxxt –va fer el Cokran perquè callés–. No ho pot saber ningú.

–Això és veritat –va admetre el cuiner–. Si la tripulació se n'assabenta, de segur que s'organitza un motí.

–Em creia que seguíem el rumb marcat, cap al sud –va dir la Maria del Carme–. No entenc com ens hem pogut perdre.

–A veure –va dir el Cokran, posant una brúixola sobre el mapa–. No és que estiguem perduts..., més aviat és que no sabem on para la maleïda illa...

–Però quan els Flint van fer el motí –va dir la Maria del Carme–, van assegurar que amb aquest mapa ple de notes del capità i aquesta brúixola hi podríem arribar... Saben més coses que nosaltres, ells, o què?

–Només ho van dir perquè els homes els seguissin –va replicar el cuiner–. Ens en podem fer una idea aproximada, però ningú no sap amb una exactitud total on paren l'illa i el tresor. Només el Capanegra.

Tots tres van guardar silenci.

Vaig notar la pedra vermella a la butxaca.

No sé pas com devia funcionar.

Però havia promès al capità que en guardaria el secret.

No pensava trair-lo.

Una cosa és que no estigués segur de quina part posar-me, i una altra no complir la meva paraula.

–Que volies res, Petit Corsari?

Vaig aixecar la vista.

I vaig veure que m'observaven el Cokran, el cuiner i la Maria del Carme.

–Què volies? –va repetir el contramestre.

–Jo... res... –vaig dir, tot nerviós–. És que tirava una moneda enlaire... i m'he adonat que té creu en tots dos costats... Quina bestiesa, oi? En fi, ja vindré en un altre moment, que veig que esteu molt enfeinats buscant l'illa i el tresor... Glub...

–Que ens espiaves!? –va preguntar el Cokran.

–No, no, no...

–Tià, que ens coneixem –va dir la Maria del Carme–. Escoltaves d'amagat la nostra conversa?

–Que noooooooo..., de debò que no..., d'acord, una mica sí...

El cuiner va fer un pas cap a mi amb la cama de fusta, amb els milers d'arrugues i els cabells blancs que li sortien d'aquell barret que semblava enganxat al seu cap.

–Què has sentit, ben bé? –em va preguntar.

–Res de concret, tot just que estem perduts i que, per descomptat, no teniu ni idea d'on para el tresor.

Van intercanviar mirades entre ells.

I després van tornar a girar-se cap a mi.

–Per què estàs tan nerviós, Petit Corsari? –va preguntar el Cokran.

–I, sobretot, com és que has dit que «per descomptat» no sabem on para el tresor? –va preguntar la Maria del Carme–. Saps alguna cosa que nosaltres desconeixem?

–Què ens amagues? –va afegir el cuiner.

–No res...

Aiiiiiiiiiiiiiiiiii

No podia suportar-ho més!

Vaig esclatar!

Ja sé què he dit, fa un moment.

Però no m'agrada que em facin tantes preguntes i em pressionin, i tampoc no m'agrada que em mirin així.

Vaig respirar fondo i vaig exclamar:

–El mapa del tresor el tinc jo! Però no us el puc donar perquè vaig prometre al Capanegra que l'hi guardaria! I jo sempre compleixo la meva paraula! En fi, quasi sempre! Soc fatal a l'hora de dir mentides i guardar secrets!!!

Tots tres estaven perplexos.

Jo també, francament.

No m'agradava aquella situació.

Volia treure'm aquell pes de sobre.

Els vaig ensenyar la pedra vermella.

–Teniu! Aquest és el mapa del tresor! Almenys és el que em va dir el capità! A mi em sembla una pedra vermella i prou! No li digueu que us l'he donada, si us plau!

La Maria del Carme la va agafar amb delicadesa.

I va mirar-la atentament.

Brillava a la claror del sol.

Per més que la movia i la feia girar, encara no semblava un mapa.

–Com funciona, això? –va preguntar ella.

–No en tinc ni idea! Ho prometo! –vaig dir.

El Cokran també va observar-la amb curiositat.

–Mai no havia vist res igual –va murmurar el contramestre.

Semblava que el mapa i la brúixola ja no els venien d'aquí. La pedra vermella els absorbia completament.

El cuiner em va mirar als ulls, com si pogués entendre com em sentia.

No estava gens orgullós d'haver-los donat el mapa.

Però ja estava fet.

No servia de res lamentar-se.

La Maria del Carme no parava d'inspeccionar la pedra.

Se la va acostar i va allunyar-la, provant de veure-hi alguna cosa a contrallum, provant d'entendre com devia funcionar.

–Segur que és un mapa? –va preguntar el Cokran.

–De què ens serveix si no sabem fer-lo servir? –va dir la Maria del Carme.

El cuiner va fer un pas amb la cama de fusta.

–Hi ha una persona al vaixell que de segur que sap com funciona.

El capità Capanegra va negar amb el cap.

La Maria del Carme li va ensenyar la pedra tot dient:

–Si no m'expliques com va..., et tiraré als taurons.

Ell va agafar-se a un dels barrots de la gàbia i va dir:

–Ha!

–Soc la teva capitana! –va exclamar ella–. T'ordeno que m'expliquis ara mateix com funciona el mapa del tresor.

El Capanegra la va mirar fixament i va fer:

–Ha!

No tenia cap intenció de col·laborar.

Tot i que encara era a la gàbia, es mostrava altiu i desafiador.

La Maria del Carme tenia la pedra a la mà esquerra.

Va assenyalar-lo amb el dit índex i li va advertir:

–Et prometo que si tornes a respondre «ha»... manaré que et tirin al mar dins d'aquesta gàbia. De manera que rumia-t'ho bé. M'ajudaràs a desxifrar el mapa?

Sí o no?

El capità va fer cara de pensar-hi.

Va posar-se bé la capa, molt a poc a poc.

Es va incorporar.

Va arrambar la cara als barrots.

Va separar els llavis.

I va dir:

–Ha!

La Maria del Carme el va mirar feta una fúria. I va girar-se cap al Cokran.

–Contramestre –li va ordenar–, formi un grup d'homes ara mateix. I tirin la gàbia a l'oceà amb el presoner a dins.

–Però...

–Ara mateix, he dit!

Alguns dels tripulants que s'hi havien acostat, com ara el barbut o el de les dues pistoles, van quedar-se mirant l'escena sense gosar fer ni dir res.

El pare, els meus germans i la Maria també eren al pont de comandament, observant de lluny l'escena.

El contramestre es va gratar el mocador del cap, desviant la mirada, sense gosar intervenir-hi directament.

Em va fer l'efecte que era jo el culpable d'aquella situació.

Havia de fer-hi alguna cosa.

Vaig aixecar la mà.

Igual que a l'escola.

I vaig dir:

–Perdó. Tinc una idea.

–Tià, no és el moment –va dir el pare.

–Ah, guaita, el Petit Traïdor vol parlar –va murmurar el capità de la gàbia estant.

Suposo que tenia motius per estar empipat amb mi.

Però no pensava callar, jo.

–Em sembla que el capità podria ajudar-nos a desxifrar el mapa –vaig assegurar–. I, a canvi, la capitana podria treure'l de la gàbia i deixar-lo en llibertat. I tots tan amics.

La Maria del Carme va tirar-se enrere els cabells.

–D'acord –va dir, mirant de reüll el Capanegra–. Si col·labores en això del mapa, quedaràs en llibertat i tornaràs a formar part de la tripulació del vaixell. És un bon acord. Què et sembla?

Ell va remenar el cap.

Al cap d'uns moment, va arquejar les celles.

I al final va dir:

–HA! HA! I HA!

–Ja hi tornem a ser? –va exclamar la Maria del Carme, que no se'n sabia avenir–. Et faig una oferta de pau i em respons «ha»?

–Vols un acord? –va preguntar ell–. Vet aquí la meva proposta: jo torno a ser el capità del vaixell. Jo prenc les decisions. I tu dius a tots, incloses les Tres Mil Annes i els altres, que soc l'únic capità de debò. A canvi... us guiaré fins al tresor.

–Mai de la vida! –va replicar la Maria del Carme–. Soc la capitana!

–Només ets una estrangera que ha anat a parar aquí per casualitat! Jo soc el capità Capanegra!

–Mentida! Ets el Cristof, un impostor de pa sucat amb oli!

–Això no hi té res a veure, ara!

–Hi té a veure i molt! Perquè no es pot confiar en tu! I perquè ha arribat l'hora que les dones prenguem el comandament! A veure si t'entra al cap!

Era impossible que es posessin d'acord.

Estaven en posicions contràries. I ningú no estava disposat a cedir.

Allò pintava molt malament.

Érem en un cul-de-sac.

Sense mapa, no hi hauria tresor.

I sense tresor... no hi hauria illa.

Ni res.

Aleshores, un soroll va travessar el galió.

CLONC!

CLONC!

CATACLONC!

Eh?

Vam quedar bocabadats en veure d'on venia aquell so.

El cuiner era al mig de la coberta...

Amb la cama de fusta a la mà!

I la feia servir per donar cops al pal!

CLONC!

CLONC!

CATACLONC!

Mai no havia vist una cosa semblant.

No cal dir que havia atret la nostra atenció.

–Soc més vell que tots vosaltres junts –va assegurar, desprès de comprovar que el mirava tothom–. He recorregut el món més de cent vegades. He servit en tota mena de vaixells. He tingut capitans bons, dolents, regulars, alts, baixos, llestos, rucs, valents, covards, amables, dèspotes, joves i vells. He vist coses que no veureu mai: cantar les sirenes al mar prohibit de les illes Tortuga; la pluja que queia cap amunt al pol Nord; gegants com muntanyes caminar sobre l'aigua; guerrers sanguinaris que ploraven pel somriure d'un nadó. El que mai no he vist, però, el que no havia vist mai fins ara... és una baralla entre dues persones que estan completament d'acord.

Un murmuri va recórrer el vaixell.

–D'acord tampoc... –va insinuar la Maria del Carme.

–No m'interrompeu! Esteu completament d'acord! –va tallar el cuiner, i va tornar a colpejar amb la cama el pal major, encara més fort que abans.

CATACLONC!

CATACLONC!!!

–Molt bé, molt bé, però para de donar cops, si us plau! –va demanar la Maria del Carme.

–Sí, para d'una vegada, per l'amor de Déu! –va suplicar el Capanegra.

El cuiner va deixar anar la cama.

–Depèn de vosaltres dos! –va exclamar–. Tots dos voleu el mateix: fundar un indret únic, una illa on tots siguem veritablement iguals i lliures per primera vegada a la història. Per més vell que sigui, és una idea tan bona que se'm posen els cabells drets només de pensar-hi.

–Ja ho sé. L'illa dels pirates va ser idea meva –va dir el Capanegra tot cofoi.

–Jo vaig suggerir allò dels esclaus i les dones –va subratllar la Maria del Carme.

–Només hi ha una cosa que us separa: l'orgull! –va tallar el cuiner–. Teniu el mateix propòsit i els mateixos ideals. Fins i tot els mateixos enemics. I, no obstant això, encara discutiu. No me'n sé avenir! Si perdem aquesta oportunitat per culpa de la vostra tossuderia..., us en penedireu fins a la fi dels vostres dies! No soc fort ni ben plantat ni llest. Però soc molt vell. I sé de què parlo. Feu les paus ara mateix.

El Capanegra i la Maria del Carme es van mirar. Semblava que aquelles paraules els havien tocat la fibra sensible. Al meu entendre, aquell cuiner carregat d'anys tenia tota la raó.

–Això és el que fareu, ara –va continuar, assenyalanlos a tots dos–: tu trauràs el Capanegra de la gàbia. I tu agafaràs aquell mapa estrany i ens portaràs a l'illa d'una vegada. No perdem el temps. Vinga, no em mireu així! L'armada ja deu ser a prop! No podem perdre més temps!

I va tornar a colpejar el pal amb la cama.

CATACLONC I RECATACLONC!!!

Immediatament, la Maria del Carme va fer un gest perquè deixessin sortir el capità de la gàbia.

El Capanegra s'hi va acostar.

I van fer una encaixada.

–Em sembla que a aquest vaixell li anirien bé dos capitans –va dir ella.

–Em sembla una gran idea –va respondre ell.

Tot seguit, el Capanegra va agafar la pedra vermella i va afirmar amb el cap, com si fes molt de temps que esperava aquell moment.

Va caminar cap a la proa del galió.

Davant la mirada atenta de tothom.

Per fi havia arribat el moment.

Estava a punt d'entendre com funcionava aquell mapa.

El capità Capanegra va aixecar la mà dreta, amb la pedra al puny.

Va respirar fondo.

I amb totes les seves forces...

Va estavellar la pedra contra el terra!

Es va fer miques!

23

Havia trencat la pedra!

Davant de tothom!

–Però, tanta comèdia amb la pedra... i ara la trenca! –vaig protestar.

–Què ha fet, capità?

–Per què l'ha trencada?

El Capanegra, indiferent a tots els comentaris, va agenollar-se davant dels milers de trossets vermells.

Semblava que hi busqués alguna cosa.

Va apartar amb la mà alguns dels fragments.

Fins que per fi va trobar el que buscava.

Va agafar de terra, amb dos dits, un objecte metàl·lic minúscul. Alguna cosa que devia ser dintre de la pedra.

I se'l va quedar mirant atentament.

M'hi vaig acostar per veure què era.

Semblava una mena d'agulla de color vermell, però més ampla. O la punta d'un ploma estilogràfica. Una cosa així. Era difícil de saber-ho.

El capità va estirar l'altra mà.

–La brúixola –va demanar–. Porteu-la. Ràpid.

El contramestre va buscar amb la mirada el mapa i la brúixola, que s'havien quedat al pont de comandament.

Allà s'esperava la Maria. Va mirar la seva mare, com si li demanés permís, i ella va afirmar amb el cap.

La Maria va agafar la brúixola i ens la va portar corrents.

L'hi va donar al Capanegra, que feia cara d'estar molt concentrat.

Amb molt de compte, el capità va obrir la brúixola... i va arrencar l'agulla de l'interior!

La va llençar ben lluny.

I, tot seguit, va col·locar al seu lloc l'altra agulla.

La de color vermell, que havia estat amagada dins de la pedra.

Era una operació molt delicada.

El Capanegra ho va fer tot molt a poc a poc.

–Ja està –va dir amb molta seguretat.

Va posar-se dret.

Va fer uns quants passos cap a la part del davant del galió.

I va agafar-se a la barana de proa.

Va consultar la brúixola.

I després va dirigir els ulls cap a l'horitzó.

Va exclamar:

–Contramestre! Quaranta-cinc graus a babord. Rumb al sud-oest!

El Cokran feia cara de desconcertat, no sabia si obeir-lo.

La Maria del Carme va preguntar el que pensàvem tots:

–Capità, no poso en dubte que sàpigues el que fas, però... ens podries explicar què passa?

–Molt senzill –va respondre ell–. Aquesta agulla no és pas com les que coneixeu. Aquesta agulla assenyala sempre la mateixa direcció: el lloc exacte on és enterrat el tresor. Ens portarà de dret a l'illa.

–Em creia que les brúixoles tenen un imant i sempre indiquen el nord –va intervenir la Susanna.

–Això mateix –va dir el Capanegra–. Totes llevat d'aquesta.

I va ensenyar la brúixola que tenia a la mà.

–Aquesta agulla vermella –va continuar–, està feta d'un material especial de les mines de la pròpia illa. Una barreja de set minerals que només es troben allà. És una brúixola única, que només serveix per a una cosa: per arribar al tresor.

–Mola –va dir el Santi.

–No havia vist mai una cosa així –va admetre la Maria del Carme.

–Pot ser que vingueu d'un indret llunyà i misteriós –va dir el Capanegra, somrient–, però us ben asseguro que hi ha moltes coses que encara no heu vist.

–I tant –va murmurar el pare.

El Capanegra i la Maria del Carme van intercanviar mirades.

I van saber perfectament què havien de fer.

–Quaranta-cinc graus a babord. Rumb al sud-oest –va ordenar el capità.

–Quaranta-cinc graus a babord. Rumb al sud-oest –va repetir la capitana.

El Cokran es va quadrar i aleshores sí que ho va dir:

–A les seves ordres... capitans.

Va dirigir-se cap al timó.

I va canviar de rumb.

Per un moment semblava que tot era possible.

Que aquell galió podria aconseguir el nostre somni.

L'illa dels pirates, els esclaus i les dones.

Fins i tot el pare, que es moria per tornar cap a casa, va semblar que compartia l'entusiasme general.

La tripulació sencera va posar-se en dansa i tothom va tornar al seu lloc. Calia aprofitar el vent per arribar-hi com més aviat mi-

llor.

L'Emperador va acostar-se als dos capitans i va quedar-se allà.

Aquella imatge, a la proa del vaixell, resumia tot el que passava:

Un capità pirata amb la capa i l'espasa; una veïna de Badia del Vallès i un lleó enorme.

Tots tres observaven l'horitzó com si poguessin veure el futur.

Em vaig quedar mirant-los una bona estona.

Mai no m'havia imaginat que la Maria del Carme es convertiria en capitana d'un vaixell, ni que un lleó africà seria el meu amic, ni que un mapa del tresor fos... una agulla dins d'una pedra.

Com havia dit el Capanegra, per més viatges a través del temps que féssim, estic segur que hi havia moltes coses que no deixarien de sorprendre'm.

Em vaig apartar dels capitans i de l'Emperador i vaig donar la volta.

Vaig veure el cuiner, repenjat en un barril, provant d'ajustar-se la cama de fusta.

–Vols que t'ajudi? –li vaig preguntar.

–Ja puc tot sol –va respondre–. Fa molts anys que ho faig.

–Et puc preguntar una cosa? –vaig dir.

–Pots preguntar el que vulguis; una altra cosa és que et respongui.

Vaig decidir de provar-ho.

–És veritat això que has dit de les sirenes, la pluja i els gegants?

El cuiner va somriure.

Els milers d'arrugues de la cara se li van bellugar alhora.

–A tu què et sembla? –va dir.

–Jo..., en fi..., no ho sé pas... Mai no he vist cap sirena... ni un gegant... Crec que aquests éssers només apareixen a les rondalles...

–Havies vist un pirata de debò abans de pujar a aquest galió? –em va preguntar.

M'ho vaig rumiar.

–Reconec que no, francament –vaig respondre.

–Exacte. Que no l'hagis vist no significa que no existeixi; hi ha una primera vegada per a tot, Petit Corsari –va murmurar–. Tot i que ja m'adono que ets un d'aquells que només es creu les coses que pot veure amb els seus propis ulls.

Vaig tenir el rampell de parlar-li dels forats negres i dels viatges a través del temps. Em va semblar que aquell llop marí carregat d'anys em creuria.

Potser n'hi parlaria, si arribàvem a l'illa.

–Gràcies –vaig dir.

–Per què em dones les gràcies?

–Per tot –vaig respondre–. Per aconseguir que la Maria del Carme i el Capanegra fessin les paus. Per ajudar-nos durant el motí. Per ser com ets. Moltes gràcies. Ets molt valent.

–Bah, bestieses. Tot just soc un cuiner vell a qui falta una cama –va tallar.

I va acabar de col·locar-se la cama de fusta.

Va picar-hi a terra per comprovar que estava ben posada.

–Apa, ja està –va dir, assenyalant darrere meu–. Mira, em sembla que hi ha algú que vol parlar amb tu.

Em vaig girar. Era... el capità Capanegra.

Em mirava amb un aire molt seriós.

–M'has traït amb allò de la pedra –va dir.

–No, no –vaig provar d'explicar-me–. O sigui, una mica sí, però ha estat per una bona causa. I el més important és que tot ha sortit bé... i..., perdoni'm, si us plau.

El capità va moure la capa.

–Ja ho veurem –va dir–. De moment, he pensat que canviaré el teu lloc al vaixell.

–Ah, sí? –vaig fer, espantat.

Va afirmar amb el cap, tot pensatiu.

I va respondre:

–Et posaré en un lloc on tindràs molt de temps per pensar en el que has fet.

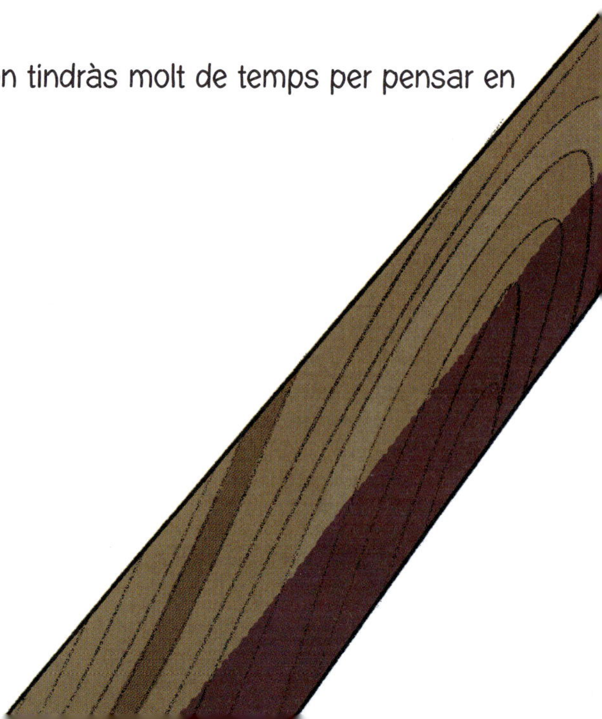

24

–El més important és que no miris avall!

Vaig contenir la respiració.

Era la primera vegada que estava...

Al capdamunt del pal d'un vaixell!

No sé quants metres em devien separar de la coberta, però valia més no pensar-hi.

Vaig provar de mantenir la vista fixa a l'horitzó.

Tot i que era impossible de no abaixar una mica la mirada, de tant en tant.

–No miris avall! –va repetir el Cokran.

El Capanegra havia encarregat al contramestre que m'ensenyés a pujar i baixar del pal.

Volia que substituís el guaita del galió!

Segons va dir, a la coberta hi feien falta dos homes. Que s'ocupessin dels aparells i moguessin les veles. Hi havia moltes coses per fer.

A més, segons ell, m'aniria molt bé d'estar tot sol allà a dalt.

No sé si era un càstig.

O un premi.

D'una banda, era molt guapo aprendre a pujar i baixar amb les cordes.

D'altra banda, però, passaria moltes hores tot sol.

Vaig estar tot el matí entrenant amb el Cokran.

Al principi, el contramestre em va ajudar.

Em va lligar una corda gruixuda a la cintura per si de cas queia.

Vinga pujar i baixar.

Més aviat semblava que m'entrenés per treballar en un circ i no pas en un vaixell pirata.

Al cap d'unes quantes hores, vaig començar a moure'm amb agilitat entre els pals i les dotzenes de cordes que hi havia pertot arreu.

Fins que vaig aconseguir de pujar i baixar tot sol.

–Molt bé, Petit Corsari –va dir el capità, en veure que ja era capaç d'enfilar-m'hi sol–. Ara comença la teva guàrdia.

–Què haig de fer?

–Vigilar amb molta atenció. I si veus qualsevol cosa, un vaixell, una illa, una balena..., el que sigui... Fes un crit d'alarma immediatament. És una tasca fonamental. Confio en tu. Espero que aquesta vegada no em defraudis.

–No s'hi amoïni, capità –vaig dir.

–Contramestre –va ordenar el Capanegra–, com que és la primera vegada, el Petit Corsari farà doble torn de vigilància. Així s'espavilarà.

–Sí, senyor –va respondre el Cokran.

El capità va allunyar-se.

–Ja ho has sentit –va dir el contramestre–. Comença la teva guàrdia. Amunt!

Vaig posar-me a grimpar pel pal.

–Quant de temps m'hi haig d'estar, a dalt? –vaig preguntar.

–No gaire... Normalment són torns de quatre hores. Pel que fa als teus, però, seran de vuit.

–Vuit hores sense baixar? –vaig preguntar, espantat–. I si tinc gana? O si... vull fer pipí?

–No hi pateixis, per això. A dalt tens un cassó d'aigua i una galleda per a les teves necessitats –va respondre–. Ah, i un dels homes et pujarà la teva ració de menjar, quan hi hagi temps. Tot i que no et prometo res. Ja has vist que estem molt enfeinats... Ens hem d'esforçar tots per arribar a l'illa com més aviat millor. Vinga, amunt!

Vaig continuar grimpant a poc a poc.

I vaig arribar al capdamunt.

Em vaig posar dret al costat del pal major, sobre una plataforma de fusta petita. Vaig apartar la galleda, que era allà com m'havien dit.

I em vaig lligar una corda, com m'havia ensenyat el contramestre. Per si de cas. La vista era espectacular.

El mar blau pels quatre cantons.

Una quantitat increïble d'aigua pertot arreu.

Vaig sentir el vent a la cara, mentre avançàvem.

Vaig pensar que poques persones havien viscut una experiència semblant.

Estava de sort, en el fons.

Faria la meva guàrdia.

Estaria a l'aguait.

I no se m'escaparia res.

Seria el guaita més bo de tots els temps.

El Petit Corsari al famós galió Capanegra.

Solcant el mar.

A la recerca d'un tresor formidable.

Vaig mirar a la dreta.

I a l'esquerra.

Cap enrere.

Cap endavant.

Aigua.

I més aigua.

Res més.

Ehem.

Al cap d'una estona, la vista ja no em va semblar tan increïble.

Encara era molt maca, vull dir, però després de veure l'oceà als meus peus durant hores, em va començar a semblar que tota l'estona era el mateix.

No sé quant de temps devia haver passat, però se'm feia etern.

Tot i que era molt millor que netejar la coberta, no cal ni dir-ho.

Vaig abaixar la vista i vaig veure que el cuiner cridava els homes a menjar. Jo no podia baixar, és clar.

Havia de continuar al meu lloc.

Alerta.

Buffffff.

Vaig començar a tenir gana.

I a estar cansat.

Em vaig asseure amb les cames penjant i em vaig recolzar al pal.

Potser s'havien oblidat de mi.

I em deixaven allà tot el dia.

Sol.

Sense menjar.

I sense cap altra feina que observar l'horitzó.

Vaig mirar un parell de vegades el mòbil. Però res. Ni rastre de cobertura o d'alguna cosa que ens pogués servir d'ajuda. Vaig decidir guardar-lo, no fos cas que em caigués.

Em vaig posar a pensar en la quantitat de coses que m'havien passat els darrers dies:

Havia format part de la tripulació d'un galió pirata.

Havia conegut llegendes com el capità Capanegra o les Tres Mil Annes.

Havia participat en una batalla contra una nau de guerra.

I el més increïble de tot...

Havia fet un petó a la Maria!

Això no m'ho podia treure del cap. No havia tornat a parlar-hi, després del petó. No sabia què dir-li.

Potser no havia de dir res.

Ni tan sols no sabia per què ho havia fet.

A mi, això dels petons, no m'interessava gens ni mica.

Si mai tornàvem a casa i a l'escola..., potser ja no se'n recordaria.

Tot i que, ben mirat, no crec que se n'oblidés.

Jo no me n'oblidaria mai, evidentment.

Em vaig posar dret.

Davant meu s'estenia l'oceà. Immens i blau.

La bandera de la calavera onejava darrere meu.

Em va fer l'efecte que era invencible.

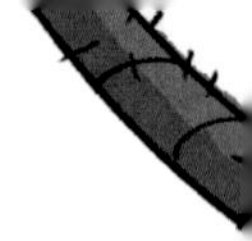

Estava disposat a solcar els set mars a les ordres del Capanegra.

Aleshores vaig sentir un veu que em cridava.

Era el pare, que encara feia de mosso de cuina.

Em va fer gestos amb la mà.

–Tià, baixa a berenar ara mateix! –va exclamar–. Que baixis, et dic!

I em va ensenyar un cosa que duia a la mà.

El millor del món.

–T'he preparat un entrepà de llonganissa! –va crida–. El que t'agrada més! Hi he posat mantega de cacauet! Vinga, baixa d'una vegada!

Entre la gana i que aquell entrepà feia una pinta increïble... vaig prendre una decisió ràpidament.

Vaig abandonar un moment el meu lloc de guaita per anar de dret a buscar l'entrepà de llonganissa.

Ja sabeu què va passar tot seguit.

Que un vaixell va aparèixer de cop i volta.

I va començar a disparar-nos canonades.

BUUUUUUUUUM!

25

El pal principal del galió es va partir pel mig.

I va caure a la coberta!

Amb un terrabastall esgarrifós.

El mateix pal on jo era un moment abans!

M'havia salvat pels pèls.

Com que havia baixat a buscar l'entrepà de llonganissa, no havia sortit volant.

Quina destrossa.

BUMMMMMMMMMMMM

Ens atacaven de valent.

Aquell vaixell disparava sense parar.

Una canonada.

I una altra.

I una altra.

BUMMMMMMMMMMMM

També van destrossar el pal de proa!

Ens esclafaven!

El Capanegra va cridar del pont de comandament estant:

–Contramestre! Noranta graus a estribord! Va!

Era una situació desesperada.

El capità mateix va agafar una de les cordes i la va estirar per ajudar a fer la maniobra.

–Hem d'allunyar-nos d'aquí a corre-cuita! Vinga, vinga, vinga!

El Cokran i la resta de la tripulació corrien, tot provant de corregir el rumb.

Feien els possibles per conservar la calma enmig d'aquelles canonades.

Cosa molt difícil.

–Hem perdut la vela major, capità –va dir el Cokran–. I també el pal de proa. I el timó no respon. No podem girar..., és impossible d'escapar-nos... L'única opció és fer-los front.

El Capanegra va negar amb el cap, atabalat.

Va mirar la nau que ens atacava al lluny.

Va treure els binocles.

I la va observar.

Aleshores... li va canviar la cara.

Vaig veure com se li transformava l'expressió.

–Ho han fet expressament –va murmurar.

–El què? –va preguntar el contramestre.

–Apuntar als pals –va respondre–. No volen enfonsar-nos, ni tampoc que fugim.

–I què volen, si es pot saber?

–Molt senzill –va dir el capità–. Volen que els abordem i lluitar amb nosaltres cos a cos. És una qüestió personal.

No sabia què significava, allò.

La Maria del Carme va aparèixer al costat del timó.

–Qui és? –va preguntar, assenyalant el vaixell que ens disparava.

–Un amic de tota la vida –va respondre el Capanegra.

–El Ryan Smith?

–No.

–Un altre vaixell caçador de pirates conegut teu?

–No.

–I doncs?

El capità es va treure el barret.

Feia cara d'estar molt i molt atabalat.

–Contramestre, arriï la bandera –va dir tot moix.

El Cokran va quedar corglaçat de sentir-ho.

–Però, capità, encara podem lluitar i...

–Ja m'ha sentit! –el va tallar el Capanegra–. Faci baixar la bandera!

Tot i que no semblava gaire convençut, el Cokran va transmetre l'ordre:

–Arrieu la bandera! Ens rendim!

–Què!? –va exclamar la Maria del Carme–. Com és que ens rendim? No m'ho has consultat...

–Escolta'm, si us plau –va respondre ell–. Em vull entregar. No és un vaixell anglès. És una nau pirata que ve a saldar un deute personal. Si estem de sort, es conformaran amb mi i us deixaran continuar endavant. Fes-me cas, t'ho suplico.

–No ho entenc.

–És una història molt antiga, ja ho entendràs. Et demano que per una vegada confiïs en mi.

La Maria del Carme li va aguantar la mirada.

I al final va dir:

–D'acord.

Els mariners van baixar la bandera en senyal de rendició.

Al cap de no gaire, el vaixell va deixar de disparar.

I va iniciar una maniobra d'acostament.

Em vaig posar al costat del cuiner.

–Què passa? –li vaig preguntar, ansiós per entendre alguna cosa.

–Res de bo –va respondre.

El pare es va tocar el bigoti amb cara d'amoïnat.

–Havíem d'haver fugit amb el bot quan podíem –va dir.

Els meus germans i la Maria se'ns van apropar.

Estàvem tots molt espantats.

Vingués qui vingués en aquella embarcació, devia ser algú terrible perquè el capità es comportés d'aquella manera.

La nau va continuar avançant lentament cap al galió.

El capità va disposar-se a rebre'ls.

Va acostar-se a una barana.

Va desembeinar l'espasa.

I la va deixar recolzada, ben a la vista.

No pensava lluitar.

Aquell pirata temible que no s'havia acovardit per un motí, que havia sobreviscut a un tret i a un llamp i a mil coses més, estava disposat a lliurar-se sense més ni més a la persona que anava en aquella nau.

Fos qui fos.

Estava disposat a rendir-se com si res.

El vaixell s'aproximava.

Ara sí que li vaig veure la bandera negra que onejava: era una calavera amb dos sabres encreuats. Exactament igual que la nostra!

Va col·locar-se davant mateix del galió.

El seus vint canons, o més, ens apuntaven.

El capità va aixecar les mans.

–Soc el capità Capanegra. I presento la meva rendició incondicional.

Al cap d'uns moments, va aparèixer algú a la coberta de l'altre vaixell.

Era un home vestit de negre.

Amb una barba perfectament tallada.

I una cua molt llarga.

Tenia una mirada plena de còlera.

Va obrir la boca.

Amb una veu cavernosa va exclamar:

–Jo soc l'únic capità Capanegra! Tu ets un impostor i prou!

26

Fosquejava.

Les cordes i els ganxos van volar d'un vaixell a l'altre.

Van preparar les passarel·les.

I l'home que afirmava ser el veritable Capanegra va pujar a bord del galió.

Darrere d'ell hi anaven diversos pirates ben armats.

Així que va posar els peus al nostre vaixell, va acostar-se al nostre capità.

Va treure una espasa i l'hi va posar al coll.

Amb aquella veu tan greu que semblava sortir del fons del mar, li va dir:

–Fa deu anys que espero aquest moment. Tu em vas prendre tot el que tenia. El meu vaixell, la meva vida, fins i tot el meu nom. Disposa't a morir.

Un Oooooooooooooooooh va recórrer el galió.

–Així doncs –va intervenir la Maria del Carme–, tot el que ens vas explicar..., allò que el capità Capanegra t'havia regalat el vaixell i el seu nom... era mentida?

–Vas pel món explicant això!? –va preguntar el nouvingut, que cada cop semblava més ple d'ira–. Tu m'ho vas arrabassar tot! Em vas enganyar i em vas deixar abandonat en una illa deserta! Suposo que no et pensaves que em tornaries a veure, lladre, farsant, traïdor! Et vaig perdonar la vida, et vaig acollir a la meva tripulació, t'ho vaig ensenyar tot... i em vas deixar a l'estacada!

–Home, no va ser ben bé així –es va defensar el nostre capità–. Tu repeties sempre que estaves cansat d'aquesta vida de pirata. Per això vaig pensar que potser havia arribat l'hora que algú més... jove... i més preparat... ocupés el teu lloc.

–Això és el súmmum! Vols dir que ho vas fer per mi? Que m'ho vas robar tot perquè pogués descansar? Quina barra!! Eres un tinent de pa sucat amb oli..., jo et vaig rescatar i t'ho vaig ensenyar tot... Maleeixo l'hora que et vaig conèixer, Cristof... I maleeixo l'hora que et vaig perdonar la vida! No et pots ni imaginar com em va costar sortir d'aquella illa i tornar a tenir un vaixell propi! Et travessaré amb el sabre i després serviràs de menjar per als peixos!!

El veritable Capanegra va prémer l'espasa contra el coll del Cristof.

A partir d'ara, al nostre capità l'anomenaré Cristof.

I al nouvingut, Capanegra.

Així ens entendrem més bé.

–Disculpi, però abans que el peli m'agradaria dir unes paraules –va tornar a intervenir la Maria del Carme.

–Qui és vostè, bona dona!? –va bramar el Capanegra, empipat–. Li aconsello que no s'hi fiqui, que això és cosa d'homes!

–Uiiiiiiiiiiiii, això sí que no!! –va replicar ella–. Tots els pirates sou uns masclistes rematats. Quina pena, de debò. Us creieu que les dones només som objectes. Que no tenim personalitat. Que no tenim opinió. Ja n'estic ben tipa. He estat en un munt de llocs i sempre és el mateix: els homes manen i les dones obeeixen sense dir ni piu! Com més viatges pel temps faig, més m'adono que la història és plena de masclistes, en totes les èpoques! Doncs, perquè ho sàpigues, soc la capitana d'aquest vaixell! I si no m'escoltes atentament, ordenaré als meus homes que et fumin un tret, encara que sigui la darrera cosa que faig!

El Capanegra va girar-se cap a ella, bocabadat.

–Daixò... Has dit viatges pel temps? –va fer.

Immediatament, el pare va fer un pas endavant i va dir:

–No, no, és que està una mica enfadada i no sap què s'empatolla. Viatges pel temps, mira que... ha, ha, ha, ha, ha, ha, ha! Ja sap com són les dones...

La Maria del Carme encara es va enfadar més, en sentir allò.

–Ah, sí!? I com som les dones, Sebastià? –va preguntar al pare.

–Doncs... –va fer ell, provant d'improvisar, adonant-se que l'havia espifiada–. Sou... meravelloses... intel·ligents... sensibles... sou... Aiiiiiiiiii, que atabalat que estic, ja no sé ni què m'empatollo...

–Ara et diré com som les dones! –va exclamar la Maria del Carme–. Som exactament iguals que els homes! Igual de llestes i d'estúpides. De covardes i de valentes. D'amables i d'antipàtiques. D'afectuoses i desagradables. De bones i de dolentes.

Va haver-hi silenci.

Ningú no sabia què dir, després d'un discurs semblant.

Aquelles paraules eren una veritable novetat, per als pirates.

–Jo m'he perdut –va dir finalment el Capanegra–. Fa deu anys que busco aquest home per tallar-li el coll. I de cop i volta em trobo amb... amb... No sé qui ets ni d'on surts ni a què treu cap tot això de les dones, francament.

–Treu cap a què sempre tornem al mateix! –va continuar la Maria del Carme, que estava incontenible–. Els homes fa milers d'anys que maneu i feu la guerra, sense comptar amb les dones! I ara que tenim una oportunitat de canviar una mica les coses..., casualment apareix un altre homenot disposat a espatllar-ho tot. No estic disposada a callar! Si és veritat que ets el famós i genuí Capanegra, ens has d'ajudar!

–Però ajudar-vos a què? –va preguntar ell, desconcertat.

–A trobar el tresor i fundar l'illa dels pirates, els esclaus i les dones! –va exclamar la Maria del Carme.

El Capanegra va girar-se cap al Cristof.

–També m'has robat la idea de l'illa? –li va preguntar, com si fos la darrera gota que feia vessar el got.

–És que era una idea molt bona –es va excusar el Cristof–. Això dels esclaus i les dones és cosa seva.

La Maria del Carme va insistir:

–Podem canviar les coses. Tu ets la peça que ens faltava. Escolta, si us plau: el famós vaixell de les Tres Mil Annes i tres vaixells carregats d'esclaus naveguen mar endins per trobar-se amb nosaltres a la vora del lloc on ens espera un gran tresor. Nosaltres ens hi hem avançat per desenterrar aquest tresor que ha anat acumulant el capità durant anys, i que es veu que és impressionant. Hem d'arribar a l'illa abans que ens ho impedeixi l'armada anglesa. Ens guia una brúixola màgica.

És una oportunitat històrica. Deixa't de venjances personals i vine amb nosaltres. Així passaràs a la posteritat. I, per damunt de tot, ajudaràs a fundar el primer lloc on tots viurem lliures i en pau.

El capità Capanegra va provar de pair-ho.

–A veure si ho entenc –va recapitular, perplex–. Una colla de pirates dirigits per dones i uns quants esclaus fugitius us heu unit per fundar una illa de la llibertat, per dir-ho així. Amb aquest propòsit, us guieu per una brúixola màgica tot buscant un tresor que no heu vist mai. A més, pretens que perdoni la vida a aquest traïdor que m'ho va robar tot... i que m'afegeixi a aquesta bogeria.

–Sí, més o menys –va respondre la Maria del Carme–. Ah, i una cosa més. Una de les Tres Mil Annes és una amiga teva de

tota la vida, em sembla... Anna la pèl-roja, n'hi diuen... Em sembla que la vas deixar plantada a l'altar, poca-vergonya!

–Ostres! –va exclamar el Capanegra–. L'Anna la pèl-roja, quins records... Ha passat molt de temps... Jo era molt jove, aleshores.

–Excuses de pacotilla –el va tallar la Maria del Carme–. Doncs has de saber que s'ha convertit en una gran capitana pirata, fixa-t'hi: el millor que li va passar va ser no casar-se amb tu.

–Hi estic d'acord –va xiuxiuejar el Cristof–.

El Capanegra va mirar al seu voltant, provant d'assimilar la situació.

Eren moltes coses de cop.

Es va passar la mà per la boca. Feia cara d'estar molt trasbalsat.

Va anar cap a la Maria del Carme i li va dir:

–Sembla que en saps molt, de fer discursos. Jo soc més de fets que de paraules.

–Precisament –va argumentar ella–. Podríem fer un bon equip.

–Maleït sia, reconec que m'has caigut bé –va replicar el Capanegra–. No sé si deu ser veritat tot això que has dit del tresor i les famoses Tres Mil Annes i dels vaixells d'esclaus. Però ja ho anirem veient. Navegarem plegats. I provarem de fer realitat aquest somni de l'illa, que, per cert, se'm va acudir a mi. Si proves d'enganyar-me en qualsevol moment, et juro que la pagaràs.

–Ens ajudareu, doncs? –va preguntar la Maria del Carme, il·lusionada.

–No corris tant, que encara hem de solucionar un detall –va dir el capità–. Pel que fa al Cristof, no puc pas perdonar un home que em va robar tot el que tenia. He passat deu anys empaitant-lo. Ho has d'entendre.

–No n'hi ha per tant... Els pirates som així, ens agrada robar –va provar d'excusar-se el Cristof.

–Què et proposes de fer-ne? –va preguntar la Maria del Carme, sense acabar-ho d'entendre.

–Doncs el que he esperat durant aquests anys –va sentenciar el Capanegra–. Traspassar-lo amb l'espasa i tirar-lo per la borda perquè se'l mengin els peixos. En acabat, tu i jo continuarem endavant plegats i tan amics, tot buscant el tresor i tota la resta. És una qüestió personal, ho has d'entendre.

–I si m'hi oposo? –va dir ella.

–Aleshores deixaríem de ser amics –va respondre el capità–. I no liquidaré només el Cristof, sinó que pelaré tots els presents. Cremaré el vaixell. I buscaré el tresor pel meu compte. Tu mateixa.

Buf.

Quina decisió.

No m'agradaria ser al lloc de la Maria del Carme.

Si provava d'ajudar el Cristof, el més probable era que el Capanegra i els seus companys ens liquidessin a tots.

Si no l'ajudava, però, el Capanegra el mataria a sang freda allà mateix.

Qualsevol elecció tindria un cost molt alt.

–Accepta el tracte –li va dir el Cristof, resignat–. De debò. M'ho he buscat jo sol.

El cuiner era darrere nostre mateix.

En veu baixa, va dir:

–Em sembla que no ho acceptarà. I que ens mataran a tots.

El pare, mons germans, la Maria i jo mateix sabíem que el cuiner segurament tenia raó.

Encara que pogués suposar la nostra fi, la Maria del Carme no acceptaria una cosa semblant.

No volia deixar a l'estacada el Cristof.

Em vaig adonar que ser capitana no era senzill. S'havien de prendre moltes decisions compromeses.

La Maria del Carme va intercanviar una mirada amb el Cokran.

I amb el pare.

I després amb el cuiner.

Què calia fer en una situació així?

Aleshores va semblar que tenia una idea.

Va mirar fixament el Capanegra.

–S'ha acabat –va dir–. Si abans de deu segons no dius alguna cosa que em faci canviar d'opinió... un lleó africà de dos-cents quilos t'arrencarà el cap d'una queixalada.

–Perdó? –va fer el capità–. És una broma?

–Em sembla que vas ser tu l'inventor d'això dels deu segons..., nou..., vuit..., el temps corre... El lleó et saltarà a sobre si no dius alguna cosa que em convenci... Sis...

El Capanegra va mirar al voltant.

–Ja n'hi ha prou de bestieses –va dir–. Brúixoles màgiques. Aliances d'esclaus i dones pirates. I ara..., lleons a bord d'un vaixell... No m'ho empasso...

–Quatre...

El capità va esbufegar nerviós.

–Tres...

El Capanegra va preparar l'espasa de cara a un possible atac.

–Dos...

Ningú no semblava disposat a baixar del burro.

–I un!

27

–Veles!

Un grumet que s'havia enfilat a l'únic pal que quedava al galió va fer un crit d'alarma.

–S'acosten veles pel nord!

Ens vam girar tots cap allà.

Inclosos el Capanegra.

La Maria del Carme.

El Cristof.

I tots els altres.

–Quina bandera porta el vaixell? –va preguntar el Cokran.

–No és un vaixell! –va respondre el guaita.

–Si no és un vaixell –va dir el Capanegra–, què és?

El noi va trigar uns moments a respondre.

Quan ho va fer, però, la seva veu ens va retrunyir a les orelles.

Va exclamar:

–Són... vint-i-dos vaixells!

El Capanegra va treure uns binocles i els va dirigir cap a les veles que havien aparegut a l'horitzó.

La Maria del Carme va imitar-lo.

Tots dos van observar atentament la flota que s'acostava.

–És l'armada anglesa –va confirmar el Capanegra–. Es deu tractar d'alguna cosa molt important perquè facin venir vint-i-dues naus. Què diantre heu fet?

La Maria del Carme va arronsar les espatlles.

–Ja t'ho he dit –va respondre–. Ajudar tres-cents esclaus fugats de Saint James. Aliar-nos amb les Tres Mil Annes...

–Clavar-li una bona pallissa al Ryan Smith –va continuar el Cristof–, i acumular el tresor més gran que s'hagi vist mai.

–No està gens malament per a un impostor i una forastera –va sentenciar el Capanegra–. Es veu que va de debò, tot plegat.

–Què, doncs? Treballem junts? –va preguntar la Maria del Carme–. Pots perdonar el Cristof i ens enfrontem alhora amb els anglesos?

–Això d'enfrontar-nos amb els anglesos no ho podem decidir pas –va respondre–. En vista de les circumstàncies, em sembla que no hi ha cap altre remei. Ja no tenim temps de fugir. Pel que fa al Cristof..., si sortim vius de la batalla que s'aproxima, cosa que dubto, ja ho veurem.

El Capanegra va passar pel seu costat i el va mirar amb cara de pocs amics.

Després va dirigir-se a la Maria del Carme.

–Ara que hi penso –va dir–: com se t'ha acudit això del lleó? Mai no havia sentit una bajanada semblant. Per un moment fins i tot he arribat a creure-m'ho.

Abans que ella pogués dir res, algú va donar la resposta al capità.

GRRRRRRRRRRRRRRRR

En sentir aquell rugit, el Capanegra va girar en rodó molt a poc a poc i es va trobar cara a cara amb l'Emperador, que tenia la boca molt oberta, ensenyant els ullals.

Sense gosar moure ni un múscul, el Capanegra va dir atemorit:

–Hola, mixeta.

–És un lleó africà –el va corregir la Susanna.

La Maria del Carme va passar la mà pel cap de la fera.

–És l'Emperador –va anunciar–, i també ve amb nosaltres des de molt lluny.

–Ets una dona... molt interessant –va dir el Capanegra.

–Totes ho som –va replicar ella–. Quan te n'adonis, aprendràs la lliçó més important de la teva vida.

I va dirigir-se cap al pont de comandament, amb el lleó al darrere.

–Vinga, capità, no et quedis palplantat com un estaquirot –va exclamar–. Que ens esperen vint-i-dos vaixells de guerra.

El Capanegra la va seguir.

Jo era a la coberta, al costat del pare.

–Creus que tenim alguna oportunitat de guanyar aquesta batalla, pare? –vaig preguntar.

Ell va restar pensatiu per un moment.

–Nosaltres tenim un galió foradat i destrossat per les canonades –va respondre–. I ells, vint-i-dos vaixells de l'armada en perfecte estat. Jo diria que no hi tenim gaires probabilitats. Ara bé, si fa un parell de mesos m'haguessin preguntat quantes possibilitats teníem de viure al 1715 en un vaixell pirata, hauria dit que cap ni una. Per tant, no se sap mai. Confiem que la Maria del Carme tingui raó, i no tot sigui per obra de la pura casualitat.

–En resum –va replicar mon germà, mentre s'allunyava–, que els anglesos ens faran miques, si no hi ha algun miracle.

–Santi, no siguis negatiu!

–Puc posar-me amb la Maria del Carme al costat del timó? –va preguntar la Susanna–. Vull veure de prop la batalla!

–Però, Susanna, és més prudent que et quedis a baix, a cobert..., a la bodega.

–Gràcies, pare! –va dir ella, com si no l'hagués sentit, i va sortir volant cap al pont de comandament.

–Ei, si no t'he donat permís... Vine aquí, que ens hem de resguardar... –va dir el pare tot confós, anant darrere d'ella–. Susanna, espera't... que vinc amb tu...

Vam marxar tots i només vam quedar la Maria i jo, tot sols.

Des del petó, era la primera vegada que estàvem sols.

Si estàvem de sort, no se'n recordaria.

O, si més no, en aquell mateix moment.

A més, com que ens passaven tantes coses emocionants i perilloses, qui tenia temps per pensar en un petó?

De segur que se'n devia haver oblidat.

La Maria em va mirar i em va dir:

–No t'hi amoïnis per allò del petó.

–Eh?

Es veu que no se n'havia oblidat.

–Que no t'hi amoïnis –va insistir.

–No, no... Per què m'hi hauria d'amoïnar?

Vaig notar una escalfor que em pujava pel cos. Em tornava a posar molt nerviós.

–Jo gairebé ni me'n recordo –va dir la Maria.

–Ni jo, ni jo.

–No sé per què ho he dit.

–Jo tampoc, francament.

–És una cosa que no té gens d'importància. La gent es fa petons contínuament.

–Exacte, és una cosa normalíssima –vaig assegurar.

–Apa, doncs... –va tallar ella–. Anem a veure la batalla?

–Sí, i tant... No ens quedarem aquí parlant de petons. Ha, ha, ha, ha, ha!

La Maria va somriure i se li van formar els clotets.

Cada cop que els veia era com si s'encengués un senyal d'alarma.

Ens vam quedar mirant-nos.

Sense moure'ns.

Sense fer res.

Ni dir res.

Vaig tenir la sensació que tots dos teníem ganes de...

Fer-nos un petó!

No en podia estar segur.

Però em va passar pel cap.

Entre els seus clotets.

I la manera de mirar-me.

I aquell silenci sobtat.

Bufffffffffffffff

No volia cap petó!

Però al mateix temps... em venia de gust!

D'acord, ho reconec!

Volia fer-li un petó... i marxar corrents.

Les dues coses alhora.

Potser sentia el mateix, ella.

Quin embolic més gran!

Era com si m'hagués quedat congelat allà al mig.

No tenia esma de marxar.

Ni de quedar-me.

Per sort, va passar una cosa inesperada.

El Cokran va fer un crit:

–S'acosta un vaixell! Amb una bandera blanca!

28

Un bot de fusta petit s'acostava cap a nosaltres.

Hi remaven dos soldats anglesos.

Un oficial hi anava dret amb una bandera blanca a la mà.

Tenia un pegat a l'ull.

Era...

El Ryan Smith!

–Maleït venut –va murmurar el Cristof–. Fa anys que em persegueix.

–Veig que no soc l'únic que te la porta votada –va dir el Capanegra–. Vas fent amics pertot arreu.

–Escoltem-lo, a veure què vol –va dir la Maria del Carme.

Es van dirigir cap a la popa del galió.

A pocs metres de nosaltres, el bot va aproximar-se entre les onades. La mar estava bastant moguda.

Em vaig enfilar en un barril per veure més bé el que passava.

Quan eren a tocar del vaixell, els soldats van parar de remar i el bot va aturar-se.

El Ryan Smith es va treure un pergamí de la jaqueta.

Va començar a desenrotllar-lo.

–Em pensava que els que duien pegats eren els pirates –va dir la Susanna.

–No et fiïs mai de les aparences –va sentenciar el cuiner, rascant-se la cama de fusta.

El Cristof va observar aquell home del pegat, que se li havia esmunyit pocs dies abans. Estava tot frisós, havia de dir-li alguna cosa.

Va fer un pas endavant i va cridar.

–Per què has vingut, Smith? Per rendir-te? Si ens lliureu els vint-i-dos vaixells, potser us perdonarem la vida!

L'oficial el va observar del vaixell estant, amb posat desafiador, i no va respondre.

Va clavar la mirada sobre el pergamí que duia a sobre.

I va llegir el que hi deia:

–«Per ordre del governador de Cap Royal, el molt honorable Sir Lawrence Adams, s'ofereix un indult a tots els homes i dones que hagin practicat la pirateria. Tots aquells que signessin una carta de penediment, lliuressin les armes amb caràcter immediat i prometessin obediència a la bandera d'Anglaterra, passaria a rebre aquest indult, siguin quin siguin els delictes comesos amb anterioritat a aquesta data. L'indult anirà signat amb el segell del propi governador, i servirà de salconduit perquè es pugi circular lliurement per terres i mars. Aquesta oferta ha de ser acceptada en el termini màxim de seixanta minuts, des del moment de la seva lectura en veu alta per un oficial anglès d'alt rang. Suposant que no fos acceptada, tots els pirates que la refusin seran capturats i executats».

Un murmuri va recórrer el galió.

Això sí que no s'ho esperaven.

En lloc d'atacar, els oferien un indult.

Si l'acceptaven, no tan sols els perdonarien i esborrarien tots els seus delictes, sinó que els oferien la llibertat per anar-se'n on volguessin i començar una vida nova ben lluny de la pirateria.

Per les cares que vaig veure entre la tripulació, era una oferta molt temptadora.

I encara més tenint en compte que ens trobàvem en un cul-de-sac, envoltats per una gran flota de guerra.

El Ryan Smith va respirar fondo i va acabar de llegir el document:

—«Aquest indult s'aplicarà a tots els súbdits de sa gloriosa Majestat, sigui quina sigui la seva edat, condició i delictes comesos. Amb una sola excepció: el capità Capanegra. Aquest miserable pirata traïdor no podrà acollir-se a cap indult. I qui lliuri el seu cap als oficials de l'armada anglesa, rebrà una recompensa de dues mil monedes d'or. En nom de la corona, respon de tot el que s'ha dit aquí el molt honorable Sir Lawrence Adams».

A poc a poc, tot gaudint del moment, l'Smith va aixecar la vista i va tornar a guardar-se el pergamí.

Tot seguit, es va treure un rellotge que penjava d'una cadena de plata i va exclamar:

–Els seixanta minuts comencen a comptar a partir d'aquest moment!

Va fer un gest, i els dos soldats van començar a remar altra vegada.

Al cap d'uns moments de silenci, el Capanegra va prendre la paraula:

–S'ha de reconèixer que aquest amic teu, el tal Ryan Smith, és un gat vell. En lloc d'atacar-nos, ens ha posat un esquer difícil de rebutjar.

–No deus voler acceptar l'indult? –va preguntar la Maria del Carme.

–Per si de cas no te n'has adonat –va respondre ell–, tots els presents estem pensant molt seriosament d'acceptar aquest indult.

–Té raó –va reconèixer el cuiner.

Tots van afirmar amb el cap, com si fos evident.

–Si ens rendim i els lliurem el capità –va afegir el barbut–, podríem anar-nos-en amb les butxaques plenes. Perdó, però és la veritat.

–A més, si no ho acceptem, ens esclafaran –va dir el Cokran–. No hi tenim cap altre remei. Són vint-i-dues naus de guerra. I nosaltres només tenim un vaixell i mig.

–Qualsevol faria el mateix, al nostre lloc –va dir el Capanegra, girant-se cap al Cristof–. Admet-ho, és l'única sortida possible. T'hauràs de sacrificar pels altres.

El Cristof va posar-se bé la capa i va dir:

–Entenc la vostra postura. Però hi veig una objecció: el Ryan Smith no ha complert mai la seva paraula. Quan em lliureu les armes i us rendiu, us executarà aquí mateix, al mig del mar, sense testimonis.

–És un indult signat pel governador! –va assegurar un dels homes.

–Paper mullat! No el complirà pas! –va rebatre el Cristof–. Aquella rata miserable només es mou per diners. Ha servit a França

i Espanya, i ara serveix a Anglaterra perquè li paguen un extra per cada pirata mort. El governador no hi és per veure què passa. Només hi ha aquest miserable. Us prometo que si us rendiu us liquidarà a sang freda.

–Què proposes, doncs?

El Cristof va desembeinar l'espasa amb un aire tot heroic i va respondre:

–El que sabem fer més bé!

Els altres van restar en silenci, observant-lo. Com si no sabessin del cert a què es referia exactament.

–Mentir? –va preguntar el Cokran.

–Robar?

–Fugir?

–Beure rom?

–No, no, no i no! –va exclamar el Cristof–. El que sabem fer més bé els pirates és... lluitar!

–Ah, això –va dir el contramestre.

–Proposo que votem! –va continuar el Cristof–. Els que estiguin a favor de fer front als anglesos i continuar lluitant per l'illa dels pirates, els esclaus i les dones... que aixequin la mà!

Immediatament, la Maria del Carme va aixecar la mà.

I el Cristof també.

Ningú més.

En vista de la situació, el Capanegra va dir:

–Els que estiguin a favor de rendir-nos, signar l'indult i lliurar el capità, que aixequin la mà.

Absolutament tots els altres van aixecar la mà.

Fins i tot el pare.

–Ho faig per la canalla, jo –es va excusar, quan la Maria del Carme va interrogar-lo amb la mirada–. Ja m'entens, per evitar una altra batalla i tal.

El Cristof estava tot moix.

–Em sap greu, però les coses són així –va dir el Capanegra.

–No s'hi val –va replicar el Cristof, mirant-lo fixament–. A més a més..., una altra cosa... L'autèntic Capanegra no soc jo. Potser hauries de lliurar-te tu!

–Bona pensada –va respondre el Capanegra–, però com que el Ryan Smith només et coneix a tu, no acceptarà ningú més. T'has fet passar tant de temps per un home que no ets, que al final t'hi has convertit. Ets més Capanegra... que l'autèntic Capanegra.

El Cristof encara s'hi resistia.

–No us podeu fiar de l'Smith –va insistir.

Però no li van ni contestar. Semblava que ho tenien molt clar, tots plegats.

Em va fer molta pena que tot s'acabés així.

Des de dalt del barril, vaig veure com dos dels seus mateixos companys l'agafaven per darrere.

I el van desarmar.

Estaven disposats a rendir-se i lliurar-lo als anglesos.

Adéu al somni de l'illa on tots serien lliures.

Adéu a les Tres Mil Annes.

Adéu al vaixell d'esclaus.

S'havia acabat el somni.

El Capanegra li va prendre l'espasa i la capa al Cristof.

Se'l va quedar mirant i li va dir:

–És la nostra única sortida.

Si era cert el que havia dit la Maria del Carme, i no érem allà per pura casualitat...

Aquell era el moment perfecte perquè passés alguna cosa.

Vaig aclucar els ulls i vaig pensar:

Si us plau, que passi alguna cosa increïble! Que apareguin les Tres Mil Annes disparant els seus canons! Que les acompanyin uns altres vint vaixells pirata! Que vinguin a rescatar-nos! Que puguem plantar cara a aquests vaixells de guerra! Si us plau, si us plau, si us plau, que quan obri els ulls tot hagi canviat!

Em vaig quedar així una estona.

Amb els punys serrats.

Demanant que passés alguna cosa.

Vaig obrir els ulls...

Però res.

Tot continuava exactament igual.

Suposo que les coses increïbles no passen quan ho vols.

Igual que els forats negres.

I els viatges a través del temps.

Passen... quan ningú no s'ho espera.

Van lligar el Cristof amb una corda.

I van disposar-se a fer-lo pujar en un bot per lliurar-lo als anglesos.

Aleshores...

En aquell mateix moment...

Quan tot semblava perdut...

Va passar.

Una cosa aparentment insignificant.

Que ho va capgirar tot.

29

Em va caure al front.

Vaig trigar un moment a reaccionar.

Era...

Sí!

Una gota!

Una gota d'aigua insignificant!

Vaig aixecar la vista.

I me'n va caure una altra al cap!

I una altra.

I una altra.

–Pluja!! –vaig cridar amb totes les meves forces, de dalt del barril estant–. Pluja, pluja, pluja!!

Em van mirar com si m'hagués trastocat.

–S'acosta una tempesta! –vaig exclamar, assenyalant darrere nostre.

Al lluny, es veia clarament el cel fosc i la mar moguda.

S'havia girat una venteguera que anunciava la tempesta.

–Sembla una tempesta tropical –va confirmar el cuiner, observant el panorama–. Una de les grosses, amb onades de diversos metres, pluja torrencial i trons que faran ressonar el mar. La tindrem a sobre d'aquí a pocs minuts.

–I quina importància hi té, això, ara? –va preguntar el Cokran.

–Molta! –vaig dir–. La nostra única sortida ja no és rendir-nos! També podem anar de dret cap a la tempesta i fugir travessant-la!

–Però com vols que naveguem de dret cap a la tempesta? –va insistir el contramestre–. Lliurem el capità i marxem corrents en direcció contrària si no volem que les onades se'ns enduguin!

–No, no, no, no i no! Al contrari! –vaig insistir–. Si ens fiquem al mig de la tempesta, la flota anglesa no gosarà seguir-nos... i ens podrem escapar. No dèieu que no hi teníem cap altre remei? Doncs sí! Podem fugir, travessar aquesta tempesta i continuar endavant a buscar el tresor!

La Maria del Carme va treure la brúixola i va deixar-la al mig de tots.

–Mireu, l'agulla vermella assenyala cap a la tempesta! –va dir–. L'illa i el tresor són en aquella direcció! Ens en podem sortir!

–Suposant que et fem cas i ens fiquem al mig d'una tempesta gegantina que segurament ens farà bolcar i enfonsar-nos... –va dir el Cokran–, per què no ens han de seguir les naus angleses? Si ho fem nosaltres, ells que tenen vaixells més bons, també ho poden provar.

–No ho faran pas! –vaig respondre, molt segur–. Per una raó molt senzilla: nosaltres tenim una cosa que ells no tindran mai.

–El què?

–Por?

–Un galió mig destrossat?

–Rom?

Me'ls vaig quedar mirant i vaig dir:

–Tenim un somni. Podem fer una cosa que no ha fet mai ningú. Ells naveguen per diners. Obeeixen ordres i prou. I no s'arriscaran pas amb una tempesta així. Però nosaltres som lliures. I no poden impedir que fem el que vulguem. Navegar arreu dels mars. Crear una illa de pirates, dones i esclaus. O travessar una tempesta.

Vaig veure davant meu la Maria, que m'observava bocabadada.

Suposo que mai no havia fet un discurs com aquell.

I encara menys al davant d'un centenar de pirates.

Però és el que em va sortir.

–Aquesta tempesta és un senyal! No som aquí per casualitat! –vaig insistir.

La Maria del Carme em va mirar tota orgullosa.

Els homes de la tripulació van començar a murmurar. Potser les meves paraules i la tempesta els havien fet rumiar.

–A veure, tu, xerrameca! –va bramar el Capanegra amb la seva veuarra–. Qui diantre ets?

El Cristof es va avançar i va respondre abans que pogués ferho jo:

–És... el Petit Corsari –va dir–, un dels pirates més valents que he conegut mai.

Em va agradar que parlés així de mi.

Reconec que estava mort de por, però vaig pensar que no era el moment de confessar-ho.

–Molt boniques, les teves paraules, Petit Corsari o com et diguis –va continuar el Capanegra–, però..., alguna vegada has travessat una tempesta tropical d'aquestes dimensions? Alguna vegada has navegat a través d'onades de set metres, mentre el cel es desploma sobre el teu cap? Alguna vegada has sobreviscut a una cosa semblant?

Em vaig empassar la saliva.

Quina pregunta.

No sabia què respondre.

Em sembla que la Maria se'n va adonar, perquè va fer un pas endavant i va dir:

–Hem travessat tempestes molt més terribles que aquesta!

–Ah, sí!?

–Doncs sí –vaig confirmar jo, entenent a què es referia.

Només calia dir la veritat.

Tota la veritat.

I res més que la veritat.

–Venim de molt lluny creuant tempestes impressionants! –vaig exclamar–. I com que ho preguntes, et diré que sí, que hem sobreviscut a aquestes tempestes i a moltes més coses, inclosos els llamps que han caigut al cap. I aquí ens teniu. Som els Vallbona de Badia del Vallès... i unes veïnes. I no ens fa por cap mena de tempesta!

–I tant –va afegir el pare.

–Maleït mocós –va remugar el Capanegra–. Al final aconseguiràs de convèncer-me i que ens fiquem en aquesta tempesta del dimoni. Reconec que no m'agrada rendir-me als anglesos... No ho sé, no ho sé pas...

La Maria del Carme va aprofitar l'avinentesa per dir:

–Que aixequin la mà els que estiguin a favor d'anar de dret cap a la tempesta i continuar buscant el tresor, peti qui peti!

El Cristof de seguida va aixecar la mà.

I ella mateixa.

I la Maria.

I el pare.

I la Susanna.

I el Santi.

I el Cokran.

I el cuiner.

I jo.

I tot seguit...

El Capanegra també la va aixecar.

–Maleïts forasters de Badia del Vallès! –va exclamar sense abaixar-la–. Si això surt malament, ja ens trobarem a l'infern!

En veure que ho feia ell, la resta de tripulants...

Van aixecar la mà!

Va ser molt emocionant:

absolutament tots vam aixecar la mà!

I vam estar així una bona estona.

–Que els bombin, als anglesos i al Ryan Smith! –va cridar el Cokran.

–Això mateix, que els bombin!

–Anem a buscar el tresor!

–Cap a l'illa!

–Visca el Petit Corsari!

–Visca!!

Va començar a ploure fort.

El capità Capanegra va tornar ràpidament al seu vaixell amb els seus homes.

El Cristof va recuperar la capa i va col·locar-se al pont de comandament.

La resta de la tripulació va ocupar les seves posicions.

Només teníem un pal.

I vint-i-dues naus de l'armada probablement ens empaitaríem així que ens poséssim en marxa.

No obstant això, la Maria del Carme va exclamar:

–Rumb cap a la tempesta!

I ens vam dirigir cap a la tempesta més violenta que he vist en ma vida.

30

Així que ens vam posar en marxa...

L'armada anglesa sencera va avançar cap a nosaltres.

–Han obert les troneres i preparen els canons! –va anunciar el Cokran, observant-los amb els binocles.

El vaixell del Capanegra ens va deixar enrere de seguida.

Era molt més ràpid... i tenia totes les veles intactes.

En canvi, el nostre galió només comptava amb un pal.

Ens costava molt d'avançar.

Les naus de l'armada s'aproximaven per moments.

La gran tempesta era ben bé davant nostre.

Es veien les onades enormes i els núvols negres.

Hi navegàvem directament.

Els anglesos escurçaven la distància.

De moment, no estaven disposats a girar cua. Aquella tempesta no semblava impressionar-los.

O potser es pensaven que la nostra maniobra era un ardit, i que al darrer moment giraríem en rodó per evitar les onades gegantines.

Però no era cap ardit.

Anàvem de dret cap a la tempesta.

I no pensàvem canviar el rumb.

BUMMMMMMMMMMMMMM

Per si no fos prou, l'armada va començar a disparar els canons.

Ens van clavar mitja dotzena de canonades.

Que van impactar contra l'aigua.

Eren massa lluny, encara.

Potser afinaven la punteria, tot esperant tenir-nos a l'abast.

–Si ens volen espantar se n'estan sortint –va dir el pare.

–No és això –va replicar el Cristof–. El que pretenen és una cosa molt diferent.

–Quina?

–Empènyer-nos cap a la tempesta. Es volen assegurar que ens fiquem de ple enmig d'aquestes onades infernals.

BUMMMMMMMMMMMMMM

Van continuar disparant.

I empaitant-nos.

Les canonades cada cop impactaven més a prop.

Sota la pluja, el galió avançava amb lentitud però amb fermesa.

Directament cap a la tempesta descomunal.

Perseguit per vint-i-dues naus angleses.

Ben aviat, vam perdre de vista el vaixell del Capanegra.

Anava davant nostre.

Però ja no ens distingíem les veles.

Potser havia entrat a la tempesta i l'aigua i la pluja impedien que els veiéssim.

O també podria ser... que l'hagués engolit una d'aquelles onades monstruoses.

M'estimava més no pensar-hi.

El cel s'anava enfosquint a mesura que avançàvem.

Un gran llampec va anunciar que estàvem a punt d'entrar a la tempesta.

A mesura que ens hi acostàvem, les onades semblaven més grans.

Devien ser tres o quatre vegades més grans que el galió.

El vent i la pluja batien violentament contra el buc.

Les canonades impactaven molt a prop.

I una onada de la mida d'un edifici de set pisos venia de dret cap a nosaltres.

Al capdavall, potser no havia estat tan bona idea de ficar-nos en aquella tempesta.

–Contramestre, deixeu anar els germans Flint! –va ordenar el Cristof–. Si hem de morir ofegats, com a mínim que estiguem tots en llibertat.

–Sí, capità.

–Això de morir ofegats –va intervenir el pare–, és una manera de parlar i prou, veritat?

Però el Cristof no li va respondre.

Tenia massa feina amb tot plegat.

–Arrieu les veles! –va exclamar el capità–. I lligueu-me al timó! Va!

El Cokran i dos mariners més van preparar una corda i van lligar el Cristof ben fort al mateix timó.

–És l'única manera que una onada no l'arrossegui i se l'emporti volant –em va explicar el cuiner–. Algú ha de mantenir el timó ben recte tota l'estona, si no volem bolcar.

Després de recollir les poques veles que quedaven dretes, la tripulació va disposar-se a rebre l'impacte de la primera onada.

El cuiner va posar-se a cobert.

–Tothom que no sigui indispensable... que baixi de seguida a la bodega! –va ordenar el Cokran.

Molts homes van córrer cap a l'interior del vaixell.

Vaig mirar la Maria, sense saber què fer.

–Els que es quedin a la coberta, que s'agafin ben fort a alguna cosa! –va avisar el contramestre.

Vaig veure que el pare, el Santi i la Susanna s'havien assegut sota el pont de comandament i s'aferraven a una barana.

La Maria del Carme va inclinar-se al seu costat.

–Agafeu-vos-hi! –va dir, assenyalant el pal major, que estava partit pel mig i semblava un bon lloc per refugiar-se.

La Maria i jo vam provar d'arribar-hi, però la força del vent i la pluja era tan poderosa que no podíem ni avançar.

No hi havia manera.

Fins que algú ens va ajudar del darrere estant.

Era l'Emperador.

Ens va empènyer amb el cap.

I tots tres vam aconseguir arribar al pal.

Veig veure que hi havia trossos de cordes. Vaig agafar-les, i amb l'ajuda de la Maria, ens hi vam lligar ben fort. Com havia fet el capità al timó.

–Ja no se senten canonades! –va cridar la Maria, enmig d'aquell vent esgarrifós.

Tot i que era molt a prop, amb prou feines la sentia.

–Suposo que els anglesos deuen haver girat cua! –vaig respondre.

I va ser l'última cosa que vaig dir.

El vent i l'aigua arrossegaven el galió com si fos una capsa de llumins.

Em vaig girar i vaig veure l'onada pràcticament damunt nostre.

Era espectacular.

Altíssima.

Semblava que rugís.

Era un estrèpit ensordidor.

En un tres i no res ens cauria a sobre amb tot el seu pes.

Vaig agafar la mà de la Maria.

L'Emperador se'ns va arrambar per protegir-nos.

Tots tres ens vam preparar per a l'impacte.

No volia tancar els ulls.

Vaig intercanviar una darrera mirada amb la Maria.

I al cap d'un moment...

Una onada descomunal ens va caure al damunt!

31

Aquella onada gegant, terrible i fosca s'ho va emportar tot.

El galió va fer una volta de campana.

De sobte érem sota l'aigua!

I vam estar-hi una bona estona!

Mentre ens arrossegava la força més poderosa de la natura: el mar!

No es veia res.

Continuava donant la mà a la Maria.

Però ni la veia.

Vaig haver de fer un esforç sobrehumà per no deixar-la anar.

Vaig sentir el pes de l'Emperador sobre nostre.

Ens protegia amb els seus dos-cents quilos. Tot i així, no n'hi havia prou. Ningú no podia aturar la força de l'aigua que s'ho enduia tot.

A mesura que passava l'estona, més em costava de respirar.

L'aire se m'acabava per moments.

Tard o d'hora hauria d'obrir la boca.

No podia passar tanta estona sota l'aigua.

Vam continuar donant voltes i més voltes.

Ja no sabia ni on érem!

Fins que per fi...

Vam sortir a la superfície!!

Vaig respirar fondo.

I vaig obrir la boca.

–Síiiiiiiiiiiiiiii! –vaig cridar–. Som vius!

Vaig veure la Maria al meu davant.

Completament xopa i amb els ulls envidriats.

–Em pensava que no sortiríem mai –va murmurar.

L'Emperador li va fer una llepada enorme.

Ens havíem salvat!

Em vaig girar, i una mica més enllà també vaig veure el pare, la Maria del Carme, la Susanna i el Santi.

–Estem tots bé! –va exclamar la Maria del Carme.

–I tant –va fer el pare, que gairebé no podia ni parlar.

El Cristof encara era al pont de comandament, agafat al timó, amb la capa que onejava.

Em vaig alegrar molt de veure que, malgrat tot, encara mantenia el rumb del galió.

–Hem sobreviscut a la tempesta, capità! –vaig exclamar.

–No! –va dir ell.

–Ah, no? –vaig fer, desconcertat.

–Això només ha estat la primera onada –va afirmar–. Ara bé la part més forta!

I va assenyalar cap a la proa.

M'hi vaig girar.

S'aproximava una onada encara més gran que la d'abans.

I encara plovia.

I el vent bufava fort.

El pitjor de tot, però..., eren aquelles onades gegants.

–Quantes onades d'aquestes hem de travessar? –vaig preguntar, esfereït.

–No se sap mai –va respondre–. Potser dues o tres..., o més de cent...

–Més de cent? –va exclamar la Maria.

–Així són les coses, per aquí –va dir el Cristof–. No teniu tempestes com aquesta, a Badia del Vallès?

–No ben bé –vaig admetre.

El Cokran ens va interrompre.

–Capità! –va dir el contramestre, tot observant la segona onada que ens anava a caure al damunt–. Ja ve!

Abans que poguéssim fer-hi res, va tornar a passar el mateix que abans, però amb més força encara, si això és possible.

Una onada descomunal va cobrir el galió.

L'aigua va arrasar-ho tot i va capgirar el vaixell i tots els que hi anàvem.

Allò no era com m'imaginava.

Era molt i molt pitjor!

Vaig decidir que, si en sortia viu, no tornaria a provar de creuar mai més una tempesta tropical.

Va ser esgarrifós.

No podím fer-hi res.

Aguantar i prou,

Agafar-nos ben fort.

I pregar que el galió no saltés a miques.

Aquella carraca va aguantar sense trencar-se...

Catorze onades gegantines!

Ho prometo.

L'una darrere l'altra.

Cada una més gran que l'anterior.

I més violenta.

Feia l'efecte que allò no s'acabaria mai.

No m'estranyava que la flota anglesa hagués girat cua.

Si en ens sortíem, seria per miracle.

–Assegureu les eixàrcies! –va cridar el capità.

Entre l'aigua i el vent, el Cokran i d'altres mariners van avançar per la coberta amb dificultat i van anar lligant i comprovant tots els aparells.

Pel que semblava, les onades gegants ja havien passat.

Ara quedava el vent huracanat.

I la pluja torrencial.

I aquelles altres onades que feien pujar i baixar el vaixell violentament, sense cap mena de control.

–No s'acaba mai, això? –va preguntar el pare, traient aigual per la boca.

–Ara ve el pitjor –va respondre el Cristof.

–El pitjor???

Les onades ja no submergien del tot el vaixell, efectivament, sinó que l'arrossegaven per la superfície del mar a tota velocitat i feien que s'estavellés una i mil vegades contra l'aigua.

Era com unes muntanyes russes, però encara més bèstia.

Estava tan marejat i espantant que no tenia esma ni de pestanyejar.

Entre el munt d'aigua que entrava i sortia, vaig veure una cosa que em va tranquil·litzar.

La Maria tenia la vista clavada en mi.

I... somreia.

No sé com era possible.

Enmig d'aquella tempesta espantosa, la meva veïna Maria em mirava tota somrient.

Potser ho feia per donar-me ànim.

O potser no ho feia expressament; potser només era un acte reflex.

No ho sé pas.

Em vaig concentrar en els clotets que se li formaven a cada costat dels llavis en somriure.

I vaig pensar:

Mentre hi hagi aquests clotets, tot sortirà bé.

Ja sé que és una bestiesa.

I que no té solta ni volta.

Però és el que vaig pensar.

Em va servir per aguantar.

No sé quant de temps va durar aquella part del temporal.

Va ser interminable.

Tota l'estona mirava els clotets de la Maria.

I no li deixava anar la mà en cap moment.

El mar ens va arrossegar al seu gust.

Fins que, al cap d'unes quantes hores, el vaivé de les onades va semblar que es calmava una mica.

Una veu va sortir del no-res:

–Esteu vius o sou fantasmes?

No era una veu que vingués del galió.

Semblava que sortís...

Del mar!

Com podia ser?

Tot i que encara bufava el vent i la pluja queia amb força, les onades s'havien calmat una mica.

La veu misteriosa va repetir:

–Ei, els del galió! Esteu vius?

La Maria i jo ens vam incorporar darrere de l'Emperador.

La Maria del Carme també es va posar dreta i va pujar al pont de comandament.

–Estem vius i no som fantasmes! –va exclamar.

Sense deixar anar el timó, el Cristof va preguntar:

–Qui parla?

Tots ens vam quedar mirant el mar, esperant la resposta.

Només es veia aigua i més aigua pertot arreu.

Aleshores va caure un llamp.

Va il·luminar el mar.

I per fi ho vam veure.

A estribord, a pocs metres del galió...

Va aparèixer un altre vaixell!

La nau del Capanegra!

El capità ens va fer signes amb la mà.

–Ni l'armada ni cent mil tempestes poden eliminar l'autèntic Capanegra! –va bramar.

–No cantem victòria! –va replicar el Cristof–. Ja hem passat el pitjor, però encara no hem sortit del temporal!

–Encén un llum a la popa del galió, que aniré darrere teu! –va cridar el Capanegra–. Rumb cap al tresor!

Encara no va acabar de dir-ho, va tornar a fer-se fosc.

I el Capanegra va desaparèixer altra vegada.

Però ara ja sabíem que eren allà mateix.

Que ens en podíem sortir.

Érem una mica més a prop del nostre objectiu.

–Quin llum vol que encenguem? –va preguntar el Cristof, atabalat–. Aquest vent i aquesta pluja l'apagaran de seguida.

La Maria del Carme va donar la brúixola al Cristof.

–No perdis el rumb –va dir al capità.

–On vas?

–A encendre aquest llum perquè ens puguin seguir –va respondre ella–. Ja me n'encarrego jo!

La Maria del Carme va avançar entre la pluja i ens va indicar que la seguíssim.

–Desplegueu les veles! –va manar el Cristof.

El Cokran i la resta de mariners van posar-se a la feina.

Nosaltres vam anar al darrere de la Maria del Carme, fins a la popa del galió.

El pare.

La Susanna.

El Santi.

La Maria del Carme.

La Maria.

L'Emperador.

I jo.

Quan hi vam ser ens vam mirar entre nosaltres.

Estàvem esgotats.

L'aigua ens rajava del cap.

La Maria del Carme ens va mirar fixament.

–Dona-me'l –va dir.

–El què?

–El telèfon mòbil.

–Aquest mòbil és l'única cosa que ens queda de la nostra època –els vaig recordar.

–Ja ho sé –va dir la Maria del Carme.

–Què en faràs? –va preguntar el pare.

–Activar el mode llanterna, posar la lluminositat al màxim... –va respondre–, i col·locar-lo per aquí perquè el Capanegra ens pugui seguir.

–Però se'l pot emportar una onada –va protestar el Santi.

–I a més a més s'acabarà la bateria –va dir la Susanna.

–Es hi haurem d'arriscar –va replicar la Maria del Carme–. No hem arribat fins aquí per deixar que ara es perdin en la tempesta. Hem d'aconseguir arribar plegats a aquella illa.

El pare va negar amb el cap.

–Estàs disposada a arriscar l'única via possible de comunicació amb casa nostra... per... per... una colla de pirates?

–T'ho vaig dir i t'ho repeteixo –va contestar ella–: no som aquí per casualitat. Cada cop n'estic més convençuda.

En aquell moment va retrunyir un tro enmig del temporal.

El pare va dir:

–S'ha acabat. Ara marxem.

–A on? –va preguntar la Maria del Carme.

–On vols que sigui? –va respondre ell–. A casa. Provarem d'atrapar un llamp d'aquests per entrar en un altre forat negre. Si estem de sort, aquesta vegada serà la definitiva i podrem tornar a Badia.

–No ens en podem anar... –va insinuar la Maria del Carme.

–I tant que podem! –la va tallar el pare–. No sabem quan tornarem a ser al mig d'un temporal com aquest. És ara o mai.

–I com ho penses fer?

El pare va mirar al seu voltant.

Semblava decidit.

–Pugem allà a dalt! –va exclamar, assenyalant l'únic pal del galió que encara era dret–. Ara mateix! És el lloc millor per provar d'atrapar un llamp!

–Allà a dalt? –va fer el Santi, mirant amunt amb cara d'amoïnat–. I com hi pujarem?

–Grimpant –va respondre el pare–. Si ton germà ho ha fet, nosaltres també podrem fer-ho. Oi, Tià?

No sabia què contestar.

–Jo... daixò... suposo que sí... No ho sé pas...

–I tant que sí! –va afirmar el pare, ben convençut–. Aquesta vegada no deixarem escapar la tempesta. Està decidit. És la nostra obligació provar de tornar cap a casa. Ja saps que tinc raó.

La Maria del Carme va negar amb el cap.

–Em quedo –va dir.

–Què!?

–Feu el que vulgueu, vosaltres –va continuar–, però jo em quedo aquí. En aquest galió. Tinc una missió.

–Jo em quedo amb tu –va dir la Maria.

–És clar, maca.

El pare no se'n sabia avenir.

Estava furiós.

–Molt bé –va dir–, vosaltres us quedeu. Els Vallbona se'n van. Cada un pel seu cantó. Apa, aquí tens el mòbil. Fes el que vulguis.

Va agafar el telèfon i l'hi va donar a la Maria del Carme.

Ella en va activar el mode llanterna, va donar la volta i, amb l'ajuda de la Maria, va col·locar-lo a la part posterior del vaixell, encaixat en una mena d'escotilla.

L'Emperador també es va quedar amb elles.

–Som-hi! –va manar el pare, i va dirigir-se cap al pal.

Els meus germans i jo el vam seguir.

–Pare –vaig insinuar–, potser ens ho podríem rumiar una mica. Fins i tot l'Emperador es vol quedar...

–No hem de rumiar de res –va replicar–. Soc el vostre pare. I la meva primera obligació és vetllar per vosaltres. No som d'aquesta època. Hem estat a punt de morir diverses vegades. I, per si no fos prou, estem influint sobre la història, cosa que no hauríem de fer. Ara provarem de tornar cap a casa. S'ha acabat el tema.

No em sabia avenir que ens separéssim de la Maria del Carme i la Maria.

En el fons però, potser entenia el pare.

No obstant això, em va fer moltíssima pena.

Vam arribar al peu del pal de popa.

Tots quatre vam aixecar el cap.

No seria gens fàcil de grimpar, entre la pluja i el vent.

–Ja us ajudo jo –va dir algú.

Ens vam girar...

Era el cuiner.

No sé si era per culpa de la foscor, del temporal o de què, però encara em va semblar més vell que en d'altres moments, com si les arrugues se li haguessin multiplicat.

Va acostar-se amb la cama de fusta i va murmurar:

–En tots els meus anys no he vist mai ningú com vosaltres. Si voleu pujar en aquest pal, les vostres raons deveu tenir. Ja us ajudo.

–Gràcies –va dir el pare.

El cuiner ens va ajudar a lligar-nos tots a cordes. Sabia molt bé què feia.

–Bona sort, aneu on aneu! –va exclamar, donant cops al pal amb la cama de fusta.

Vaig començar a pujar el primer.

Representa que ja hi tenia experiència.

Per un moment, em va fer l'efecte que aquell cuiner sabia més coses de les que deia; pot ser que fins i tot sabés alguna cosa dels viatges a través del temps. Però no pensava quedar-m'hi per preguntar-l'hi.

–Escolta, cuinetes –va dir ma germana, mentre començàvem l'escalada–. Una pregunta: com et dius? No ho has dit mai.

–El meu nom no té importància –va respondre–. Em pots dir cuiner o cuinetes o com t'estimis més. Vinga, amunt.

Tots quatre ens vam enfilar a poc a poc.

Amb molta lentitud.

Procurant no relliscar.

A mesura que anava escalant sota la pluja, més trist em sentia.

No sé si aconseguiríem atrapar un d'aquells llamps.

Tampoc no sabia si entraríem en un altre forat negre.

I encara menys si podríem tornar-nos-en a casa.

Però separar-nos de les nostres veïnes... em feia sentir molt malament!

Havíem començat junts els viatges a través del temps.

I havíem viscut un munt d'aventures.

A més a més...

Hi havia la Maria!

Buffffffffffffff

Vaig continuar pal amunt, provant de no pensar gaire.

Darrere meu hi anaven, en aquest ordre, el Santi, la Susanna i el pare.

–Vés amb compte amb el peu, petitó –va dir mon germà–, que gairebé em trepitges.

–Perdona...

Després d'escalar una bona estona, vaig arribar a dalt de tot.

Vaig recordar les paraules del contramestre: mai no s'ha de mirar avall.

Vaig estendre la vista cap a l'horitzó, però amb prou feines es veia res, entre la foscor i la pluja.

–I ara què? –va preguntar el Santi.

–Hem d'esperar un llamp –va respondre el pare.

–I si no en cau cap?

–Continuarem esperant.

Gairebé m'estimava més que no caigués cap llamp, sincerament.

D'acord: em moria per tornar cap a casa. Però no pas d'aquesta manera.

Vaig notar l'aigua i el vent a la cara.

Més enllà, a molta distància, vaig entreveure una resplendor.

Podia ser un llamp, tot i que no n'estava segur.

El galió avançava enmig de la tempesta.

Amb nosaltres quatre agafats al pal.

Movent-nos al compàs de les onades.

–Quina pinta que feu, aquí a dalt! Sembleu pollastres a la brasa!

Eh?

Vaig abaixar una mica la vista.

Lligada en una corda, enfilant-se pel pal, hi havia...

La Maria!

I al seu darrere, la Maria del Carme!

–Us pensàveu que us n'aniríeu sense nosaltres? –va fer la Maria.

Va somriure.

I se li van formar els clotets.

M'ALEGRO QUE HAGIS CANVIAT D'OPINIÓ.
HE PENSAT QUE SI NO ACONSEGUIU TORNAR CAP A CASA I APAREIXEU EN UNA ALTRA ÈPOCA PERILLOSA...
US CALDRÀ LA NOSTRA AJUDA.
33
AH, DONCS MOLTES GRÀCIES. I EL MÒBIL?
L'HE DEIXAT PERQUÈ TINGUIN L'OPORTUNITAT D'ARRIBAR JUNTS. ET SEMBLA MALAMENT?
ARA QUE SOU AQUÍ, TOT EM SEMBLA BÉ. PER UN MOMENT M'HE PENSAT QUE ET QUEDARIES AMB AQUELL CAPITÀ PIRATA.
ESTÀS GELÓS?
GELÓS, JO? PER FAVOR, QUE SOC POLICIA MUNICIPAL DE BADIA!
EI, ELS D'ALLÀ DALT!

QUÈ LI DONO, PER MENJAR, AL LLEÓ?
MENJA DE TOT!
AH, I LI AGRADA QUE LI FACIN PESSIGOLLES MENTRE FA LA DIGESTIÓ!
NO SÉ QUÈ SE'N FARÀ, A PARTIR D'ARA, DEL CUINER, EL CRISTOF, EL CAPANEGRA, EL COKRAN, LES TRES MIL ANNES, EL JOSEPH, LA BARTOLOMEA I ELS ALTRES. SI ACONSEGUIRAN RECUPERAR EL TRESOR I FUNDAR L'ILLA DELS PIRATES, LES DONES I LA LLIBERTAT.
ARA, COM A MÍNIM, TENEN UN LLEÓ.
A MÉS, HAN APRÈS QUE LES DONES SÓN IGUALS QUE ELS HOMES EN TOT.

SI NO TORNEM A CASA, A QUINA ÈPOCA US AGRADARIA VIATJAR?
A MI, A LA PREHISTÒRIA, AMB ELS DINOSAURES.
A MI, A L'ANTIC EGIPTE. MOLARIA MOLT CONÈIXER LA CLEÒPATRA.
AIXÒ SÍ QUE NO M'HO ESPERAVA!
DONCS A MI... AL FUTUR.
POTSER ELS FORATS NEGRES TAMBÉ PODEN CONNECTAR AMB EL FUTUR. SIGUI ON SIGUI, ESPERO QUE HI HAGI TERRA FERMA. FA MASSA DIES QUE SOM AL MAR.
AU, VA, SEGUR QUE AQUEST COP ANIREM DE DRET A BADIA.
COM HO SAPS?
PERÒ EL MEU PARE NO POT RESPONDRE PERQUÈ JUSTAMENT EN AQUELL MOMENT...

EL CEL S'IL·LUMINA...
I ENS CAU UN LLAMP AL DAMUNT!
KA BUM